I0691562

Michèle Abramoff

MORT D'UNE HÉRITIÈRE

Roman policier

DU MÊME AUTEUR

L'ÉDITION EST UN MÉTIER DE CHIEN –
2008
Roman policier
(*édition papier Lulu.com – e-book Amazon-KDP*)

**MADEMOISELLE JENSEN
ET SON LABRADOR** – 2011
(*édition papier Lulu.com – e-book Amazon-KDP*)

LE CAFÉ DU CANAL – 2011
Roman
(*édition papier Lulu.com – e-book Amazon-KDP*)

DERRIÈRE LA FAÇADE – 2011
Roman
(*édition papier Lulu.com – e-book Amazon-KDP*)

COUP DE CHANCE – 2012
Récit
(*édition papier Lulu.com – e-book Amazon-KDP*)

UNE VIE DE CHATTE – L'Histoire de Mitzi
racontée par elle-même – 2012
Nouvelle
(*édition papier Lulu.com – e-book Amazon-KDP*)

Mort d'une héritière

Chapitre 1

Béatrice Desachy était la plus belle femme de la ville, tous les habitants de Varrèdes-en-Bourgogne étaient d'accord là-dessus. Pas la plus jeune : elle avait déjà trente-quatre ans quand Victor Desachy l'avait épousée et qu'elle était venue s'installer avec son petit garçon dans leur superbe maison de l'avenue de France. Et peut-être pas la plus jolie car son visage parfaitement régulier était un peu anguleux, il manquait d'arrondi et de douceur. Mais parmi les Varredoises de la bonne société elle était certainement la plus élancée, la plus élégante, celle qui avait le plus d'assurance et d'allure.

A la vérité, on ne savait pas trop d'où elle sortait. A son arrivée, bien sûr, les gens s'étaient posé des questions. On se demandait où le vieux était allé la dénicher. Tout ce qu'on avait appris à son sujet, ce qui se disait en ville, c'était qu'elle était lyonnaise et qu'elle avait perdu son mari dans un accident de montagne. Une jeune veuve, donc. Mais les bavardages avaient bientôt pris fin. Victor Desachy l'avait bel et bien épousée, elle était sa femme légitime et personne ne se serait permis de discuter longtemps le choix d'une personnalité influente de la région, un chef d'entreprise connu et respecté, le meilleur ami du maire par surcroît.

D'ailleurs, la nouvelle venue avait su s'y prendre pour se faire accepter de cette petite société provinciale exclusive et snob. Avec une intuition très sûre, elle avait eu tôt fait de se couler dans le moule. Elle prenait une part active à la vie locale, était inscrite au Tennis Club de Mortcerf, assistait ponctuellement aux réunions des parents d'élèves de l'école privée où son fils étudiait. Dans les conversations, personne ne l'avait jamais entendue exprimer un point de vue « dérangeant ». A l'approche de la quarantaine, une quarantaine éclatante grâce à des séances fréquentes à l'institut de beauté et à la pratique régulière du sport, on sentait en elle une détermination, une volonté de s'imposer, une force vitale qui impressionnaient la plupart des gens. Au point que même ceux (ils n'étaient pas nombreux) qui ne la trouvaient pas sympathique, qui sans bien s'expliquer pourquoi éprouvaient une sorte de malaise en sa présence, tombèrent des nues en apprenant qu'elle avait été froidement assassinée.

Le matin où Louise, l'employée de maison, découvrit le corps sans vie de sa patronne, Victor Desachy se trouvait dans le service de cardiologie de l'hôpital Édouard Herriot de Lyon où il était entré la veille pour son check-up semestriel. Il allait être examiné par le chef de service en personne, le Professeur Philippe Legrand, qui le suivait depuis le pontage dont il l'avait lui-même opéré deux ans plus tôt.

C'est ainsi. On est un homme de soixante-huit ans en pleine forme, on n'a jamais été malade, on n'est pas loin de se croire immortel, et puis un beau matin, en grimpant quatre à quatre l'escalier qui mène à son bureau, pof, cinq ou six marches avant le palier on est assailli par une douleur violente dans la poitrine, le souffle vous manque, on parvient de justesse à s'accrocher à la rampe. Une secrétaire appelle le SAMU qui vous administre les premiers soins et vous transporte de toute urgence à l'hôpital.

Hier, on était un homme fort, un patron encore jeune à la tête d'une entreprise prospère ; aujourd'hui, on n'est plus qu'un corps souffrant trimballé entre deux infirmiers sur un brancard, un vieil homme en sursis.

« Eh oui, avait souri le cardiologue après que son patient, à peine rétabli de la lourde intervention qu'il avait dû subir, se fut prêté à un interrogatoire médical serré, voilà ce qu'on risque quand on n'est plus un jouvenceau à mettre une jeune beauté dans son lit. »

Mais Victor était bien placé pour savoir que Béatrice n'y était pour rien. C'était une femme qui n'avait pas d'exigences sexuelles. Déjà, avant qu'il ne se décide à l'épouser, quand il allait la voir à Lyon comme il le faisait chaque semaine, ce n'était pas souvent qu'elle consentait à l'accueillir chez elle. Pour les sorties au concert ou au théâtre, les dîners dans les restaurants renommés, ça allait, il n'avait pas de mal à la convaincre, mais pour franchir le seuil de sa chambre et entrer dans son lit, c'était une autre affaire. On peut dire qu'elle s'entendait à se faire désirer. Et depuis qu'ils étaient mariés, au contraire de ce qu'il avait espéré, les choses n'avaient fait qu'empirer.

Bah, avait fini par se résigner Victor, quoi de plus normal après tout, les belles femmes se méritent, et si elles vous font un peu tirer la langue, on n'en est que plus en forme quand elles se décident à vous ouvrir leur porte. Et s'il n'avait pas osé contredire l'éminent praticien qui veillait sur sa santé, il pensait pour sa part que ce n'était pas ce genre d'exercice qui risquait de vous encrasser les artères.

La cuisine de Louise ? Certes son employée de maison était une excellente cuisinière. Même en Bourgogne où les cordons bleus sont légion, elle comptait parmi les meilleures. Trente ans qu'elle lui préparait des repas soignés dont l'élaboration la retenait de longues heures à ses fourneaux. Chaque soir, en rentrant de l'usine, Victor se réjouissait à l'idée de se mettre à table, une table toujours joliment dressée, prêt à faire honneur aux plats qui ne manqueraient pas de se succéder au cours d'un dîner bien ordonné. Réconfortante perspective, après l'une de ses longues journées au bureau, qui amenait un sourire de contentement sur sa figure et le faisait appuyer inconsciemment sur l'accélérateur.

Mais Louise était attachée à son patron et c'était une personne qui avait le sens des responsabilités. Elle obéissait aux principes de la diététique et savait équilibrer ses repas. Dans sa cuisine, les légumes et les fruits figuraient en abondance, accompagnant le plus souvent des viandes blanches, canettes, pintades et poulets de Bresse, généralement rôtis, ou des poissons de rivière frais pêchés dans l'un des nombreux affluents de rive droite de la Saône. Et les quantités présentées à table étaient raisonnables. Elle n'était pas de ces cuisinières à la main trop lourde qui, par ignorance (ou par une malignité secrète, hé, est-ce qu'on sait….), au fil du temps, bouchent lentement mais sûrement les artères de leurs infortunés patrons. Non, concluait Victor, Louise était au-dessus de tout soupçon, blanche comme l'agneau, sa délicieuse cuisine n'y était pour rien.

Ce qu'il y avait en réalité, Victor le savait très bien. Il l'avait su aussitôt qu'il avait repris ses esprits et commencé à réfléchir à ce qui lui était arrivé. Et sur ce point, il ne pouvait qu'être d'accord avec son médecin :

quatre décennies de labeur acharné et de responsabilités, dans un état de stress à peu près permanent, c'était plus qu'un organisme humain n'en pouvait supporter.

Victor Desachy était le fils d'un modeste artisan-serrurier. Diplômé d'une bonne école d'ingénieurs, il n'avait pourtant pas fait ses études dans l'une de ces prestigieuses écoles de management où l'on vous apprend à faire travailler les autres et, durant toute sa carrière (même au plus haut des effectifs de son entreprise, quand elle comptait plus de trois cents employés), il avait très peu délégué. C'était plus fort que lui, il lui fallait avoir l'œil à tout. Il s'occupait même de détails qu'il aurait pu abandonner aux collaborateurs compétents dont il avait su s'entourer et qui s'en agaçaient sans oser protester.

En fait, Victor ne faisait réellement confiance à personne. Même pas à son fils qui avait toujours travaillé à ses côtés et auquel il avait fini par donner le titre de directeur associé, mais qui ne faisait qu'appliquer docilement les directives de son père. Victor ne se souvenait pas qu'Albin l'eût jamais affronté ou durablement contrarié. Tout le portrait de sa pauvre mère qui avait été la douceur et la gentillesse même. Mais on conviendra que ce ne sont pas là les qualités qu'on attend d'un dirigeant d'entreprise. Et s'il savait pouvoir compter sur Albin pour exécuter ses directives, il ne le laissait pas prendre d'initiatives. En tous cas jamais sans en avoir discuté avec lui. C'était sa façon d'être, à Victor, il avait toujours fonctionné comme ça. Mais à présent c'était son cœur qui décidait pour lui. Son vieux cœur fatigué, bien plus vieux en réalité que son propriétaire, regimbait et lui disait : Stop ! Ça suffit !

A la fin de l'entretien, le médecin avait pris un ton plus grave : « Sans blague, Victor, je ne vais pas vous dorer la pilule. Votre état est sérieux. Il faut absolument vous reposer, fuir comme la peste toutes les occasions de stress. Toute la question est de savoir si vous avez envie de vivre ou non. A cette question, il n'y a que vous qui puissiez répondre. La décision vous appartient. Si vous aimez la vie, si vous avez envie de continuer comme ça le plus longtemps possible, je vous conseille de vous débarrasser au plus vite de votre affaire et d'adopter un style de vie calme et régulier. A condition de vous montrer prudent, vous avez encore de belles années devant vous. »

Si Victor aimait la vie ? La réponse était oui. Et il avait senti passer le vent du boulet. Obéissant aux conseils de son médecin, il avait rapidement vendu son entreprise à un groupe suédois qui lui faisait des propositions depuis un moment. Puis il avait fait en sorte de mener l'existence la plus tranquille possible, tout en se prêtant d'une manière scrupuleuse aux examens de contrôle recommandés.

Le jour du drame – c'était un lundi, le 6 février 2012, une date qu'il n'était pas près d'oublier –, il venait donc de se réveiller dans sa chambre d'hôpital et attendait, à jeun, l'heure de sa prise de sang, quand il reçut le coup de téléphone lui annonçant l'assassinat de son épouse. Grâce à Dieu, il se trouvait au bon endroit. Le Professeur Legrand lui fit aussitôt administrer les calmants nécessaires.

En reportage au moment où la nouvelle était tombée à la Rédaction, Hélène Fallois, journaliste au *Progrès de Lyon*, apprit la mort de Béatrice Desachy comme n'importe quel lecteur matinal en ouvrant la première édition du 7 février, l'édition de six heures. Elle annula ses rendez-vous de la journée et sauta dans sa voiture pour se rendre à Varrèdes, où elle était née et où sa mère tenait un magasin de lingerie, *Les tiroirs d'Elise*.

14

C'était une espèce de bonbonnière de style vaguement Louis XV, idéalement située à l'angle de la rue piétonne et de la place Hoche, où les Varredoises aimaient venir papoter en choisissant leurs « dessous ». On aurait pu tout aussi bien appeler ce magasin « Le carrefour des cancans ». Tout ce qui se chuchotait en ville, les confidences, les « secrets », finissait par se dévoiler entre ses murs tendus de blanc crème et de vieux rose. Au point qu'Hélène se demandait parfois si sa vocation de journaliste ne venait pas tout simplement de là. De l'époque où, petite fille, en rentrant de l'école, elle se faufilait entre les jambes des clientes pour écouter ce qu'elles racontaient.

Hélène Fallois avait une raison particulière de s'intéresser à l'événement : elle connaissait bien, ou plus exactement elle avait bien connu Albin Desachy, le beau-fils de la victime.

Alors qu'elle débutait au *Progrès*, une dizaine d'années plus tôt (elle n'avait alors que vingt-deux ans), elle s'était rendue en reportage chez VD-Equip'bureau, dite VDE, l'entreprise de papeterie fondée par Victor Desachy. C'était dans le cadre d'une enquête dont elle avait eu l'idée, une série d'articles optimistes et réconfortants sur les PME les plus dynamiques de la région. A cette époque, Albin dirigeait le département Communication et c'est lui qui tout naturellement l'avait pilotée dans la maison. Quelques jours plus tard, content de l'article élogieux qui avait été publié à la troisième page du grand quotidien régional, il lui avait téléphoné pour la remercier et l'inviter à dîner.

Ils avaient bavardé et le fils Desachy n'avait pas déplu à Hélène. Physiquement, il n'était pas mal. Même s'il faisait plus vieux que ses trente ans, surtout à cause de sa façon d'être, excessivement contrôlée, presque compassée, il n'avait que sept ans de plus qu'elle. Il avait encore tous ses cheveux et, sans avoir une carrure

15

sportive, paraissait plutôt bien bâti. Sa mère était décédée un an plus tôt et on sentait une certaine mélancolie chez lui, quelque chose d'un peu perdu, assez touchant.

En même temps, Hélène était flattée d'avoir attiré l'attention de cet homme d'un milieu social très supérieur au sien, qu'elle n'aurait jamais cru pouvoir approcher quand elle n'était qu'une adolescente de la petite bourgeoisie varredoise, la fille d'une commerçante de la rue piétonne. Et elle lui trouvait un certain mystère. Parfois, pendant qu'elle parlait, il avait une façon intrigante de s'absenter un court instant, d'être ailleurs, puis de revenir tout d'un coup en s'excusant d'un sourire de ses yeux gris. Ce quelque chose de flottant, d'insaisissable dans la personne d'Albin Desachy l'attirait.

Il s'était révélé un amant médiocre, un peu mou, expéditif. Après leur première nuit – leur premier soir plutôt, car il l'avait quittée peu après onze heures – elle avait pensé en rester là. Mais leur aventure avait tout de même duré quelques mois, quoique d'une manière épisodique. Albin pouvait rester deux ou trois semaines sans faire signe, puis il l'appelait et l'invitait dans l'un ou l'autre des meilleurs restaurants de Lyon. Hélène adorait ces sorties. Albin était élégant, d'une élégance de bourgeois provincial raffiné. Elle était fière d'entrer à son bras dans les endroits chic où il l'emmenait, bien différents des brasseries et des bouchons qu'elle fréquentait d'habitude avec ses collègues du journal. Et elle était heureuse de ces occasions de « s'habiller », qui n'étaient pas si nombreuses dans sa vie ordinaire, de faire voir au fils Desachy qu'elle pouvait être aussi élégante et sortable que n'importe quelle femme de son milieu.

Quand il s'y mettait, généralement après avoir bu un verre ou deux des excellents vins qu'on leur servait, Albin pouvait se montrer très bavard, et ce qu'il racontait passionnait Hélène. C'était avant tout une journaliste, une jeune journaliste, et ce n'est pas un métier qu'on exerce à heures fixes et qu'on oublie aussitôt le travail fini pour passer à autre chose. La curiosité d'Hélène pour les gens, les événements qui agitaient la planète était toujours en éveil. Sans le savoir, croyant que l'attention qu'elle lui témoignait s'adressait à sa seule personne, en lui parlant de ses relations, de sa famille, Albin lui ouvrait une fenêtre sur un monde inaccessible et mystérieux : le monde des riches et des puissants qu'elle apercevait dans les réceptions et les célébrations officielles où son journal l'envoyait en reportage accompagnée d'un photographe. Elle devait se retenir pour ne pas le presser de questions.

Mais le fils de Victor Desachy avait un gros défaut : il était radin. Les pourboires parcimonieux qu'il laissait dans les restaurants faisaient un peu honte à Hélène, même si les serveurs le remerciaient avec force courbettes, habitués à la pingrerie de leur clientèle fortunée. Pas une fois il ne lui avait fait un cadeau, il ignorait la date de son anniversaire, et alors même que leurs soirées se terminaient invariablement chez elle, dans son studio convenable mais modeste, jamais il ne s'était inquiété de savoir si elle avait des difficultés, s'il pouvait l'aider à quelque chose. Et, sans qu'elle fût le moins du monde vénale, cet égoïsme tranquille, imperturbable, avait fini par l'écoeurer et elle l'avait laissé tomber.

Partie de Lyon à huit heures, elle arriva au magasin à l'ouverture. Sa mère venait de lever son rideau, toutes les lumières étaient allumées.

– Quelle bonne surprise, s'exclama Juliette Fallois en voyant entrer sa fille. Qu'est-ce qui me vaut le plaisir ?

Hélène alla l'embrasser.

– Arrête maman, je suis passée l'autre dimanche.

– Il y a trois semaines. En coup de vent.

Madame Fallois était une petite femme coquette et bien en chair, impeccablement maquillée et coiffée dès le matin, comme sa profession l'exigeait. Tout le contraire de sa fille qui avait une silhouette élancée, une allure sportive et se contentait la plupart du temps d'une bonne crème de jour. Non, physiquement, la mère et la fille ne se ressemblaient pas, mis à part leurs yeux clairs, d'une couleur indéfinissable. Pour le reste, Hélène tenait plutôt de son père, une baraque d'un mètre quatre-vingt qui avait joué au foot en deuxième division dans sa jeunesse.

Sous des dehors de mémère tranquille qui faisait son petit commerce sans penser plus loin, la maman d'Hélène était en réalité une personne très futée, bien plus qu'elle ne le laissait paraître devant ses clientes. Et de ce côté-là, c'était bien d'elle qu'Hélène tenait : elles étaient dotées toutes les deux d'un esprit vif et curieux.

– Alors, fit Juliette tout en disposant des colifichets d'une manière attrayante sur son comptoir, tu viens aux nouvelles ?

– C'est incroyable, cette histoire, dit Hélène. Elle se posa avec précaution sur un pouf capitonné de satin rose : – Tu sais quelque chose ?

– Pas plus que toi. J'étais fermée hier lundi, j'ai appris l'affaire chez la boulangère. Quelle horreur. Il paraît que c'est la cuisinière qui l'a trouvée en prenant son service. Bâillonnée et ficelée comme un saucisson sur une chaise, et complètement refroidie, y avait plus rien à faire. Ils ont dû en parler dans ton journal pour que tu sois arrivée si vite. Qu'est-ce qu'ils disent ?

– Presque rien. Trois lignes dans les brèves.

– Les détails seront peut-être dans *La Dépêche* de ce matin.

– Mais tu la connaissais, toi, Béatrice Desachy…

– La pauvre, fit Juliette.

– … c'était bien une de tes clientes ?

– Je la voyais de temps en temps, elle venait m'acheter des petites choses. Mais c'était surtout à Lyon qu'elle s'habillait. Et à Paris, bien sûr, elle y allait deux ou trois fois par an. Tu vas pas chercher *La Dépêche*, qu'est-ce que t'attends ?

– Tout de suite, maman. Et tes autres clientes, qu'est-ce qu'elles en pensent ? Il y en a sûrement qui étaient des amies de la victime ?

– Je les ai pas vues depuis, je te dis. Le magasin était fermé hier. Alors, tu me le rapportes, ce journal ?

La Maison de la Presse était à deux pas dans la rue piétonne. En sortant de là, tout en marchant, Hélène ouvrit *La Dépêche de Bourgogne* à la page Varrèdes.

En haut et à gauche, un titre en gros caractères s'étalait sur quatre colonnes : **Macabre découverte dans une villa cossue de l'avenue de France.** Sous-titre : *L'épouse d'un notable varredois assassinée.*

Le journal publiait une photo de la chambre où on avait trouvé la victime. Le corps avait été enlevé, mais on ne distinguait pas l'habituel dessin à la craie à l'emplacement du cadavre. A la place, au centre de la photo, une chaise vide était entourée d'une banderole de sécurité interdisant de l'approcher.

Hélène parcourut l'article. Pour l'instant, ils n'avaient pas l'air de savoir grand-chose. On apprenait seulement que la victime avait été découverte à huit heures du matin par l'employée de maison, ficelée sur un siège de sa chambre, morte depuis plusieurs heures d'après les premières constatations de la police.

Suivaient des considérations sur la personnalité de l'époux, Victor Desachy, figure marquante du département et fondateur de VD-Equip'bureau, plus couramment appelée VDE, une usine de papeterie revendue deux ans plus tôt à un groupe étranger. Il était

19

absent au moment du crime, entré la veille au soir à l'Hôpital Edouard Herriot de Lyon pour y subir un check-up, c'est-à-dire un examen de santé complet. La victime était seule chez elle cette nuit-là.

Les yeux d'Hélène se reportèrent sur la photo, s'attardant sur la gracieuse chaise d'acajou tapissée de velours où Béatrice Desachy avait vécu sa dernière nuit. Mais on ne meurt pas de quelques heures désagréables passées ligotée sur une chaise. De quoi était-elle morte, exactement, Béatrice Desachy ? Avait-elle été étranglée ? Torturée par un sadique à coups de couteau systématiquement répétés, un cinglé qui se serait introduit dans la maison où, par extraordinaire, elle se trouvait seule ? Ou bien l'avait-on froidement exécutée, sans trop de souffrance, d'une balle de revolver dans la nuque ? Avait-elle été battue, violée ? Y avait-il eu vol ? L'article n'en disait rien. Les journalistes avaient dû arriver trop tard sur la scène de crime, ils n'avaient pas eu le temps de parler sérieusement avec les policiers. C'était encore trop tôt.

Hélène avait acheté deux exemplaires de *La Dépêche*. Elle alla en porter un à sa mère et elles discutèrent de l'affaire un instant. Puis elle attrapa son sac.

– Tu t'en vas déjà, dit Juliette. Je te revois quand ?

– Bientôt. Faut que je retourne au journal. Je serai là demain ou après-demain. Je t'inviterai à déjeuner, on aura tout le temps de bavarder.

Elle quitta sa mère après un échange de bises rapides, mais au lieu de rejoindre sa voiture pour regagner Lyon, elle entra à « La Concorde », le café de la place Hoche. Bien qu'il fût à peine onze heures, une assistance bruyante se pressait au comptoir. Elle se fraya un chemin jusqu'au zinc et commanda un express. Le comptoir des cafés : pas de meilleur endroit pour écouter les gens, échanger quelques mots avec eux, s'informer mine de rien comme un simple curieux. Flairer l'atmosphère d'une ville, d'un quartier à un moment donné.

Comme elle l'avait prévu, plusieurs de ceux qui se trouvaient là avaient déjà lu *La Dépêche*. Quelques-uns tenaient encore le journal ouvert devant eux et commentaient la nouvelle.

– La malheureuse, déplorait une femme. Comment peut-on imaginer des atrocités pareilles !

– Ça arrive tous les jours, ma bonne dame. Les journaux en sont pleins...

– Oui, mais chez nous, à Varrèdes ! Comment est-ce possible !

– C'est vrai, l'approuva quelqu'un, on n'avait encore jamais vu ça par ici.

– Justement, elle était pas d'ici, intervint un ancien ouvrier de VDE. Personne savait où le vieux était allé la chercher.

– A Lyon, lui rappela un autre. Elle était lyonnaise.

– C'est grand, Lyon ! De quel milieu elle sortait, mystère.

– Faut reconnaître qu'elle avait pas le genre de Varrèdes. Elle jurait avec les autres.

– Elle avait le genre des grandes villes, qu'est-ce que vous voulez. Il paraît qu'elle allait plusieurs fois par an à Paris rien que pour ses vêtements. Ces femmes riches, elles ont les moyens.

– Oh, riche, elle, elle l'était pas. C'est surtout son mari qui l'était.

– Tout de même une femme si belle, si chic, finir comme ça !

Derrière les banalités, les paroles de compassion d'usage, perçait l'étonnement des gens modestes quand des personnes qu'ils avaient crues à l'abri des misères qui tissaient leur quotidien se trouvaient frappées par la fatalité comme tout un chacun. Et on sentait une espèce

21

de satisfaction, non du malheur qui leur arrivait, mais de constater que ces êtres en apparence invulnérables n'étaient pas finalement si différents d'eux.

Comprenant qu'elle n'apprendrait rien d'intéressant cette fois-ci, Hélène consulta sa montre. Il était presque midi. Elle paya sa consommation, rejoignit sa voiture et prit la direction de son journal. Tout en conduisant sur l'autoroute qui la ramenait à Lyon, elle s'efforçait de faire le point, essayant de se remémorer ce qu'elle savait de la famille Desachy.

Elle se souvenait qu'Albin n'avait ni frère ni sœur. En lui apprenant que sa mère était décédée (elle était asthmatique et avait été emportée en quinze jours par une mauvaise grippe), il lui avait dit qu'elle avait failli mourir à sa naissance et que c'était la raison pour laquelle il était resté fils unique. Elle avait également su qu'il s'était marié mais, à ce moment-là, il y avait déjà longtemps qu'elle ne le voyait plus, elle ne s'intéressait plus du tout à lui et n'avait pas cherché à savoir qui il avait épousé. Et puis un peu plus tard, son père s'était remarié avec la femme qui avait été assassinée et dont *La Dépêche* venait de rappeler qu'elle était la veuve d'un alpiniste qui s'était tué dans un accident…

Cette histoire d'assassinat et les souvenirs qui lui revenaient par bribes lui trottaient dans la tête, sans qu'elle sache encore ce qu'elle allait en faire. En tous cas, si elle décidait de s'y intéresser, elle ne doutait pas d'obtenir facilement l'accord de son rédacteur en chef pour s'occuper de l'affaire puisqu'elle était originaire de la ville et particulièrement bien placée pour recueillir des informations.

Au même moment, le commandant de police Fabrice Lemay sonnait au portail de la maison Desachy. Il connaissait bien cette magnifique bâtisse, sur laquelle il jetait un coup d'œil admiratif chaque fois qu'il passait devant en voiture. Mais il n'avait jamais imaginé qu'il aurait un jour l'occasion d'en franchir le seuil.

Comme l'indiquait la date, *1865*, gravée dans la pierre au-dessus du nom de son architecte, *Rémy Gustavon*, c'était une construction du Second Empire, un peu tarabiscotée, avec des petits toits qui pointaient bizarrement de tous les côtés, des fenêtres en ogive, des linteaux sculptés. Elle était idéalement située, tout en haut de l'avenue de France, à l'orée du bois de Mortcerf dans lequel, avec ses pierres brunes, elle se fondait en automne, se dérobant à la vue comme un château enchanté. C'était une maison de ville, son jardin n'était pas immense, mais placée comme elle l'était, la dernière de l'avenue et séparée des autres habitations par une route étroite qui redescendait obliquement vers le centre-ville, et entourée des hauts chênes qui se dressaient à la lisière du bois, on avait l'impression que le bois tout entier lui appartenait. Indiscutablement, la maison de la famille Desachy était la plus imposante et la plus prestigieuse demeure de Varrèdes.

Le portail s'ouvrit automatiquement et le commandant se dirigea vers l'entrée principale, en haut d'un large perron, où l'accueillit un domestique. Bien entendu, il n'avait pas prévenu de son arrivée. L'effet de surprise joue en faveur des policiers et il n'est pas dans leurs habitudes de prendre rendez-vous quand ils enquêtent sur un crime. Informé par ses services que Victor Desachy avait quitté l'hôpital le matin même et réintégré son domicile, le commandant, qui s'était déjà transporté sur place la veille aussitôt après la découverte de l'assassinat, revenait pour interroger les occupants, respirer un peu l'atmosphère et examiner de plus près la disposition des lieux.

Victor Desachy le reçut dans une sorte de bureau-salon au décor confortable, fauteuils de cuir patiné, secrétaire Empire, bibliothèque de bois sombre qui recouvrait tout un mur jusqu'au plafond. Un jeu d'échecs avec une partie en cours attendait ses joueurs sur une table basse.

Le commandant avait souvent aperçu Victor Desachy dans les cérémonies, vœux du maire ou commémorations, qui rythmaient la vie communale. Il savait parfaitement qui il était : le patron de VD-Equip'bureau, une entreprise significative pour l'économie de la région, créatrice de nombreux emplois. Quelqu'un qui comptait, donc, un notable. Mais c'était la première fois qu'il le voyait d'aussi près. L'homme qui le recevait aujourd'hui, non derrière son bureau, mais assis au centre de la pièce dans un fauteuil droit dont le dossier le dépassait de trente centimètres, lui semblait plus mince que dans son souvenir, tout en conservant un aimable embonpoint.

Son visage rond semblait fatigué, un peu trop marqué pour ses soixante-dix ans, mais il conservait une singulière vivacité du regard, et une agilité qui le faisait se remuer inconsciemment sur son siège en même temps qu'il parlait. Sa tenue vestimentaire était parfaite, chemise blanche et costume impeccable, comme si, en dépit des circonstances, et à peine revenu de l'hôpital (il était rentré chez lui le matin même), il avait pris le temps de s'habiller avec soin pour le repas de midi.

Malgré la tragédie qui frappait sa famille, il n'avait pas l'air spécialement abattu. Mais une certaine raideur, quelque chose de tendu dans sa façon d'être laissait penser qu'il prenait sur lui. On devinait un homme habitué à se dominer, et qui sans doute, depuis son infarctus et son pontage, devait se protéger des émotions trop fortes. Il donnait un peu l'impression de se blinder. Quoi qu'il en fût, il dégageait l'aura et la maîtrise de soi d'un homme d'exception.

24

Le commandant, qu'on avait prié de s'asseoir, se cantonnait dans une attitude respectueuse, respect pour la personnalité du notable varredois qu'il avait devant lui, respect pour sa douleur. Après lui avoir présenté ses condoléances, il se permit seulement – en tout cas pour cette première entrevue – des questions d'ordre général.

Ces derniers temps, Victor Desachy avait-il remarqué un changement chez son épouse ? Lui avait-elle parlé d'une chose qui l'aurait inquiétée ? Ou même, sans lui faire de confidences, lui avait-elle paru soucieuse ? Le commandant savait que les changements dans les habitudes ou simplement dans le comportement des victimes ou des coupables sont souvent révélateurs et il connaissait maints exemples où un détail à première vue insignifiant avait conduit à la résolution d'une affaire. Mais Victor Desachy n'avait rien constaté de particulier dans le comportement de sa femme.

Le commandant poursuivit : « Avait-elle fait récemment un voyage dont elle serait revenue préoccupée ou, disons, « différente » ?

– Elle venait de passer une semaine dans notre chalet de Megève.

– Seule ? s'étonna Lemay.

– Je ne fais plus de ski depuis longtemps, et je ne m'en ressentais pas pour l'accompagner cette année.

– Mais elle avait un fils, je crois ?

– Damien est en classe de neige depuis trois semaines. Dieu merci, ajouta Desachy pour lui-même.

– Elle était partie quand ?

– La dernière semaine de janvier. Elle est rentrée le dimanche 29.

– A son retour, elle vous a paru comment ?

– Très en forme. Et plutôt bien disposée... Il précisa, un peu assombri : Béatrice n'était pas une personne très démonstrative. Enfin, elle m'avait semblé égale à elle-même. Non, vraiment, je n'ai rien remarqué de spécial.

Pauvre femme, c'est terrible ce qui lui est arrivé... Mourir étouffée par son bâillon !

– Ça, on n'en sait encore rien, il faut attendre les conclusions du médecin-légiste, répondit Lemay, tout en notant que le vieux Desachy parlait de son épouse comme d'une inconnue dont il aurait appris l'assassinat en lisant le journal.

– C'est pourtant ce que les policiers ont dit hier à Louise.

– C'est ce qu'ils ont pensé, oui, à première vue.

– Pour moi, si c'est le cas, ça ne peut être qu'un crime de rôdeur. La façon dont on l'a trouvée, hein, bâillonnée et attachée sur une chaise. Un bâillon mal posé, qui l'empêchait de respirer ! Le type n'avait sans doute même pas l'intention de la tuer.

– Il a volé quelque chose ?

– Trois fois rien. Juste ce qui se trouvait dans sa chambre : un peu d'argent et quelques bijoux sans grande valeur... Les bijoux de valeur de ma femme sont gardés dans mon coffre. Mais ça ne m'étonne pas plus que ça, nous avons régulièrement des vols avec effraction dans nos propriétés. Nous en possédons plusieurs en France que nous utilisons pour nos vacances et qui sont donc inoccupées la plupart du temps. Des malfaiteurs y pénètrent comme ça, au hasard, sans savoir ce qu'ils vont trouver...

– Quelqu'un s'est-il déjà introduit dans l'une de vos propriétés quand elle était occupée ?

– Non, ça s'est toujours passé en notre absence. Jusqu'à présent.

– Y avait-il d'autres personnes que votre épouse dans la maison pendant la nuit de dimanche à lundi ?

– Elle était seule. Nos employés ont leur propre domicile. Ils rentrent chez eux tous les soirs.

Le commandant prit un temps réflexion et dit :

– J'aimerais leur parler, si c'était possible.

Une minute plus tard, les trois domestiques se présentaient devant lui. Le jardinier et homme à tout faire, un échalas musculeux d'une cinquantaine d'années, nommé Paul Rechin. Camille Loret, une jeune femme qui venait tous les matins s'occuper du ménage. Et Louise Maheu, soixante ans environ, la cuisinière et en quelque sorte l'intendante de la maison, au service des Desachy depuis trente-deux ans. Quelqu'un qui devait connaître l'histoire de la famille en détail et dont le commandant pensa immédiatement qu'elle pourrait lui être très utile.

Sachant que les domestiques se montreraient peu bavards en présence de leur patron, il remit les interrogatoires approfondis à plus tard et se contenta de les interroger sur les faits.

Le jardinier confirma ce que les policiers avaient déjà constaté : l'assassin s'était introduit dans la maison en découpant la vitre du vasistas d'une resserre qui donnait sur l'arrière, une pièce fraîche en demi sous-sol, voisine de la cuisine, où Louise conservait ses produits alimentaires. Lemay s'y fit conduire et refit à la suite de son guide le trajet emprunté par l'intrus.

Cette resserre s'ouvrait par une porte intérieure sur un couloir qui menait, à gauche, à la cuisine, et qui à droite, au bout d'une vingtaine de mètres, débouchait par une porte discrète dans le hall d'entrée à l'arrière du grand escalier. De là, le voleur n'avait plus eu qu'à monter au premier étage où se trouvaient les chambres des maîtres.

Interrogée à son tour, la femme de ménage déclara qu'elle était arrivée à huit heures trente, une demi-heure après Louise, et qu'elle n'avait rien vu, parce que celle-ci lui avait interdit de monter au premier étage. Cette interdiction l'ayant vexée, elle expédia à Louise un regard plein de ressentiment. « J'ai pensé qu'il valait mieux toucher à rien en attendant les policiers », expliqua la cuisinière. – « Vous avez bien fait, dit le commandant. »

Il poursuivit avec elle :

– Quand vous avez découvert votre patronne, qu'est-ce que vous avez fait exactement ?

– C'est que j'étais bouleversée, je suis pas sûre de bien me rappeler.

– Faites un effort.

– Et bien, il était huit heures dix, ça j'en suis sûre parce que j'avais regardé l'heure avant d'aller frapper chez elle. Le poissonnier m'avait pas livré le colin qui était prévu pour hier midi dans les menus de la semaine, et je voulais lui demander ce que je devais faire à la place. Comme elle ne répondait pas, j'ai pensé qu'elle ne m'avait pas entendue parce qu'elle était déjà dans la salle de bain et j'ai entrouvert la porte. La pièce était sombre, les persiennes tirées, mais le jour filtrait à travers les fentes et je l'ai vue tout de suite. Madame Béatrice était attachée en chemise de nuit sur une chaise au milieu de la chambre. Mais elle remuait pas, elle grognait pas comme on fait quand on essaie de se débarrasser de ses liens et d'un bâillon. Elle était complètement immobile, la tête retombée sur son menton. J'ai tout de suite compris que c'était grave, Monsieur le commissaire...

– Commandant.

– Monsieur le commandant. Ça m'a fait un choc terrible, sur le coup j'ai failli tomber dans les pommes. Quand même, je me suis approchée pour voir si elle était encore vivante. J'ai touché sa main et son front, mais elle était déjà froide et elle n'avait plus de pouls. J'ai bien vu que c'était trop tard, qu'il n'y avait plus rien à faire. Alors je suis redescendue en bas et j'ai téléphoné à la police.

– Quand les premiers policiers sont arrivés, vous êtes remontée avec eux dans la chambre, j'imagine ?

– Je leur ai montré le chemin.

– Cette seconde fois, quand il n'y avait plus l'effet de surprise, est-ce que vous avez remarqué quelque chose d'anormal dans la pièce, un détail qui vous aurait frappé ?

– Les tiroirs de la coiffeuse et de la commode étaient ouverts, et il y avait du désordre, beaucoup de désordre. C'est tout ce que j'ai vu.

– Vous n'êtes pas allée regarder dans la salle de bain ?

– La porte de communication était ouverte, j'ai bien dû jeter un coup d'œil. Mais j'ai pas fait très attention. C'est comme je vous ai dit, Monsieur le commandant, j'étais pas dans mon assiette.

Lemay se tourna vers le maître de maison :

– Si vous permettez, j'aimerais retourner au premier étage.

Lors de sa première visite, les policiers et les gens du labo étaient nombreux à s'affairer autour du corps de Béatrice Desachy, il y avait du bruit, beaucoup d'allées et venues. A présent il avait envie de revoir tranquillement l'étage des chambres, cette part intime de la vie d'une famille qui en dit parfois long sur les relations entre ses membres.

– Il y a les scellés, répondit Desachy.

Mais le policier insistait du regard.

– Comme vous voudrez. Louise, conduisez le commandant au premier, s'il vous plaît.

En deux volées de marches, le grand escalier donnait sur un large palier, face à un panneau de verre de style 1900 décoré de vitraux. Ce palier séparait les deux parties d'un assez long couloir. A gauche, Lemay s'en souvenait, se trouvait la chambre de la victime, où les scellés étaient déjà posés. Mais on les avait également posés sur la porte voisine.

– C'est quoi, cette pièce ? demanda Lemay.

29

– La salle de bain de Madame, le renseigna Louise. C'était une chambre, une grande chambre à l'origine. Mais la première Madame Desachy l'avait fait rénover et aménager en salle de bain. Une salle de bain moderne et très luxueuse, vous pouvez me croire.

– Et la porte à côté ?

– C'est la chambre de Monsieur, prononça Louise avec une intonation respectueuse. Elle s'en détourna comme si le respect qu'elle éprouvait pour son patron la dissuadait d'y toucher, aussi bien qu'auraient pu le faire des scellés.

Elle ouvrit la porte en face de celle de Béatrice :

– Ici, c'est la chambre du petit. Heureusement qu'il n'était pas là. Il n'a que neuf ans, vous vous rendez compte s'il avait assisté à ça !

– Et là ? dit Lemay en désignant la porte voisine de celle de l'enfant

– Une petite salle de jeux.

– Et la suivante ?

– La salle de bain de Monsieur.

– Allons voir l'autre côté.

– Si vous voulez, mais il n'y a que des pièces inoccupées.

Ils retraversèrent le palier pour visiter les autres chambres de l'étage.

– Ici, annonça Louise, en ouvrant la première porte, c'était la chambre de Monsieur Desachy fils et de son épouse…

– Ah, réagit aussitôt Lemay, le fils Desachy et sa femme habitaient ici ?

– Ils ont vécu dans la maison pendant quelque temps. Albin (moi je l'appelle Albin, je l'ai connu tout petit vous comprenez) n'avait jamais quitté son père. Alors après son mariage, naturellement, il s'est installé ici avec sa femme. Dans cette grande maison, avec toute la place qu'il y avait, vous imaginez, Albin n'aurait

30

jamais pensé habiter ailleurs ! C'est sa jeune femme qui l'a forcé. Deux ans après le mariage de son fils, Victor a épousé Madame Béatrice, et alors là ça n'a pas traîné, les enfants sont partis même pas un an plus tard.

– Partis où ?

– Oh pas bien loin, ils habitent un peu plus bas dans l'avenue. Une jolie villa qui appartient à la famille.

Le commandant entra dans la chambre et ouvrit de lui-même la porte qui communiquait avec la salle de bain : une pièce en longueur plutôt exiguë, avec une baignoire étroite et haute à pieds de griffon, écaillée par endroits et équipée de robinets anciens qu'on devinait durs à manier. Cette salle de bain s'ouvrait par une fenêtre étroite vitrée de verre translucide.

– Elle n'a pas été rénovée, celle-ci, se permit de plaisanter Lemay en refermant la porte.

– Ils n'ont pas eu le temps, répondit Louise. Jusqu'au remariage de Monsieur, Albin et Odile occupaient la chambre de Madame Mathilde. Mais quand la nouvelle maîtresse de maison est arrivée, comme de juste c'est elle qui s'y est installée. Et les enfants ont dû déménager de l'autre côté du couloir, dans la chambre que je viens de vous montrer. Finalement, ils n'y seront restés que quelques mois.

Tout en parlant, Louise continuait d'ouvrir des portes :

– Cette pièce-ci sert de débarras... Ces deux-là sont des chambres d'amis. Elles ne servent plus beaucoup. Et celle-ci, la plus grande, est réservée aux parents de Monsieur quand ils viennent le voir. Mais c'est de moins en moins souvent parce qu'ils sont tous les deux très âgés.

– Ils vivent loin d'ici ?

– Pas très. Ils sont en Auvergne, à la bonne air, dans une maison que Monsieur leur a achetée au Mont-Dore. Monsieur Desachy père a quatre-vingt-quatorze ans, et la

31

mère de Monsieur quatre-vingt-neuf. Mais ils ont bon pied bon oeil pour leur âge. C'est des costauds dans la famille.

– Vous avez vu ce que vous vouliez ? lui lança Victor quand le commandant rentra dans son bureau pour prendre congé.

– Oui, répondit courtoisement Lemay. Et je vous en remercie. J'espère que je ne reviendrai pas vous ennuyer trop souvent.

– Faites, répondit sans trouble apparent le maître des lieux. Faites votre métier.

De retour au commissariat, le commandant trouva sur son bureau un dossier « Victor Desachy » contenant des informations glanées sur Internet et auprès du service Archives de *La Dépêche* par une collègue. Renonçant à son déjeuner, il envoya quelqu'un lui chercher un sandwich et se plongea dans le dossier.

Selon les renseignements recueillis par la policière, Desachy était le fils d'un simple artisan. Il avait créé son entreprise, VD-Equip bureau, quarante ans plus tôt, sur une idée originale qu'il avait eue, une histoire de dossiers suspendus pour lesquels il avait imaginé un ingénieux système d'attaches qui retenaient solidement les dossiers entre eux, les empêchant de se décrocher en répandant leur contenu au fond des armoires. Dûment brevetée, son invention lui avait valu un premier prix au concours Lépine. On en avait parlé dans la presse locale, une copie de l'article figurait dans le dossier. Il s'agissait d'une interview du lauréat avec sa photo en première page, ce qui avait fait connaître d'un seul coup ce Varredois de modeste origine.

Fort de son succès au grand concours national des bricoleurs, le jeune Desachy avait su se montrer assez convaincant pour parvenir à lever les capitaux nécessaires à la mise sur pied de son affaire et à la construction d'une usine. Pour commencer, « l'usine » n'était qu'une espèce de grand hangar où œuvraient une vingtaine d'ouvrières. Mais, grâce au dynamisme de son inventeur, ces dossiers suspendus d'une conception nouvelle, commercialisés sous la marque « Solidaire », un nom sympathique, n'avait pas mis longtemps à se répandre dans les bureaux et les grandes administrations de l'hexagone, clientèle qui s'était rapidement étendue à plusieurs pays d'Europe. Malgré les ordinateurs personnels et le classement informatique qui se profilaient à l'horizon, Victor estimait que l'archivage et le classement papier avaient encore de l'avenir. D'après lui, la mort du papier n'était pas pour demain. Ni même pour après-demain.

Cinq ans plus tard, VD-Equip'bureau comptait plus de trois cents employés – trois cent vingt-sept à leur maximum –, nombre qui était redescendu tout doucement jusqu'à cent trente. Non que l'affaire déclinât, bien au contraire. Simplement, ce chef d'entreprise inventif avait dessiné et fait construire une machine capable de monter les dossiers toute seule (on introduisait les feuilles de carton et les systèmes d'accroche à un bout et en quelques minutes la machine livrait les dossiers fin prêts à l'autre bout), de sorte qu'il avait pu se passer de la plus grande partie des ouvrières qui jusque-là montaient les attaches à la main.

C'était donc, en conclut logiquement Lemay, une entreprise prospère et très lucrative que, sur le conseil de son médecin, Victor Desachy avait revendue deux ans plus tôt à un important groupe papetier scandinave. Les informations rassemblées dans le dossier ne précisaient pas pour combien. Mais Lemay pressentait que le prix avait dû être élevé et qu'une somme d'argent considérable était alors venue s'ajouter au patrimoine déjà très important de la famille.

33

Quand une personne est assassinée, c'est en premier lieu sur son conjoint, mari ou femme, que se portent les soupçons de la police. Question de statistique : deux fois sur trois, c'est le conjoint le coupable, l'homme la plupart du temps. La victime peut alors être l'épouse, la compagne ou la maîtresse.

En admettant que Desachy ait eu l'intention de se débarrasser de son épouse, un homme comme lui n'aurait pas eu à se salir les mains. Il lui était facile de commanditer le crime et de la faire assassiner pendant que lui-même se trouvait à l'hôpital pour ses examens. Une absence de son domicile tout à fait normale cette nuit-là et qui constituait un alibi parfait.

Victor Desachy supposait, ou feignait de supposer, que sa femme avait été victime d'un crime de rôdeur. Un crime « accidentel », improbable et stupide, perpétré par un voleur maladroit qui aurait posé son bâillon avec trop de zèle.

Le commandant n'en croyait pas un mot. Il l'avait constaté dès son arrivée sur le lieu du crime, c'était toute la moitié inférieure de la tête de Béatrice Desachy qui avait été bâillonnée, littéralement emmaillotée. Pour l'empêcher de crier, une ou deux bandes adhésives sur sa bouche auraient largement suffi et un simple rôdeur, un voleur d'occasion se serait dépêché de rafler tout ce qu'il pouvait sans perdre son temps à l'entortiller comme une momie.

Aux yeux du commandant, tout ça avait plutôt l'air d'un dispositif intentionnel, d'un travail effectué avec application. L'assassin avait plusieurs fois repassé la bande adhésive sur le nez de sa victime, bouchant soigneusement ses narines pour l'empêcher de respirer. Et la malheureuse était morte étouffée en quelques minutes.

A l'évidence, il s'agissait d'un assassinat prémédité, perpétré par un ou plusieurs exécutants. Restait maintenant à découvrir qui l'avait commandité.

Chapitre 2

– Dis donc, tu t'es pas moqué de moi, apprécia Juliette en s'asseyant à la table réservée par Hélène au « Homard bleu » pour elle et sa mère. Je sens que je vais me faire cuisiner... comme une daurade, continua-t-elle avec un petit rire, contente de son bon mot.

Le Homard Bleu était le meilleur restaurant de poisson de la ville. En semaine, tout le gratin local du monde des affaires venait s'y restaurer. Et le dimanche, au déjeuner, car l'endroit fermait le dimanche soir et le lundi, la salle se remplissait de familles varredoises sur leur trente-et-un.

A peine assises, les deux femmes s'absorbèrent dans la lecture de la carte.

– Pour moi, ce sera brandade de morue et sole meunière, se décida rapidement Hélène. Et toi maman, qu'est-ce qui te ferait plaisir ?

– Pas la brandade, en tous cas.

– Alors, tu pourrais prendre une salade de Saint-Jacques...

– Et après ? demanda Juliette avec un soupçon d'inquiétude.

Ses cinq ou six kilos de trop la tourmentaient. Du moins au début des repas, parce qu'ensuite, le vin aidant, le souci de sa ligne l'abandonnait et elle faisait honneur de bon cœur à la bonne chère.

– Prends comme moi, une sole… Ou un bar, tiens, un bar grillé ?

– D'accord, un bar. Et qu'est-ce qu'on va boire avec ça ?

– Un Pouilly, si tu veux. C'est un vin plutôt léger.

– Ah oui, un blanc léger. Parce qu'il faudrait pas oublier que je rouvre la boutique à trois heures

– On a tout le temps.

– Le temps de quoi ? dit Juliette.

– Eh bien, de déjeuner. Et de bavarder. De déjeuner en bavardant.

– Moi, je ne demande pas mieux que de t'aider. Mais j'ai rien d'intéressant à raconter. Je sais rien sur l'affaire.

– Comme tout le monde. L'enquête ne fait que commencer.

Elles se turent, on leur apportait les entrées.

– Qu'est-ce que tu en pensais, toi, de Béatrice Desachy, elle te faisait quelle impression ? reprit Hélène après le départ du serveur.

– Qu'est-ce que tu veux que je te dise. C'était une cliente, une cliente qui avait les moyens, mais elle n'était pas comme les bourgeoises d'ici. Elle essayait de prendre le genre femme du monde, mais pour moi elle avait plutôt l'allure d'un mannequin. Elle se donnait des airs.

– Tu veux dire qu'elle manquait de naturel ?

– C'est ça, oui. Toujours un peu en représentation. C'est l'effet qu'elle me faisait.

– Elle avait des amies ? Des amies femmes, je veux dire.

– Je n'en sais rien. Des relations, sûrement. Avec la position de son mari. Mais des amies, ou même simplement une amie, ce n'est pas sûr. Elle venait seule à la boutique. Ou quelquefois, mais rarement, avec sa belle-fille. Je ne l'ai jamais vue avec une copine.

– Tes autres clientes se comportaient comment avec elle ? Elles n'en parlaient pas derrière son dos ?

– Pas spécialement. Pas devant moi, en tout cas. J'ai surpris parfois des mimiques. Pendant que je la servais, celles qui attendaient leur tour l'observaient, elles échangeaient des regards entendus, pas très gentils. Il y avait peut-être un peu de jalousie.

– Elle t'achetait de jolies choses ?

– Très. Y avait rien de trop beau pour elle. Et elle ne se plaignait jamais des prix.

– Alors, t'as raison, persifla plaisamment Hélène, si elle ne se plaignait pas des prix, ça ne pouvait pas être une authentique bourgeoise de Varrèdes.

– Quand même, elle n'était pas sympathique. Par exemple, si une ou deux personnes attendaient derrière elle, elle traînait, changeait d'avis, réessayait ce qu'elle avait déjà essayé, elle n'en finissait plus de se faire servir. On aurait dit que ça l'amusait de faire lanterner les autres. Le problème, c'est que la plupart du temps je suis seule dans ma boutique, tu comprends. Ma petite vendeuse ne vient que le samedi.

– Tu veux dire qu'elle le faisait exprès ?

– C'est ce que je pensais. Elle y mettait de la malignité. Ces manières-là ne me plaisaient pas trop, j'avais peur qu'elle fasse fuir mes clientes. Mais franchement, à part ça, je n'ai pas grand-chose à dire sur elle. Et puis je ne la voyais pas souvent, tu sais. Même pour sa lingerie, elle faisait presque tous ses achats à Paris.

– Quand est-ce que tu l'as vue la dernière fois ?

– Je crois que c'était un peu avant Noël. Elle était venue me montrer une chemise de nuit qu'elle s'était achetée quelques jours plus tôt à Paris justement, chez Sabbia Rosa. Un truc hors de prix. Elle cherchait un peignoir pour aller avec.

Juliette avala deux gorgées de son Pouilly et poursuivit :

– J'ai une cliente qui connaissait bien les Desachy. Très bien, même. Elle a travaillé chez VDE pendant au moins vingt ans, jusqu'à la fermeture. C'est Madame Guillemain, l'ancienne secrétaire du fils. Mais elle avait débuté chez eux comme secrétaire du père. Elle doit avoir autour de la cinquantaine à présent. C'est à elle que tu devrais parler... Et puis au fils, pourquoi pas. Tu l'as bien connu toi, Albin Desachy, ajouta-t-elle d'un ton plein de sous-entendus. Tu pourrais l'interviewer.

– Il y a des années que je l'ai pas vu. Je sais même pas s'il me recevrait.

– La secrétaire, enfin l'ex-secrétaire... Tu vois qui c'est ? Tu l'as sûrement rencontrée.

– Je ne m'en souviens pas.

– Quand tu y étais allée pour ton reportage.

– J'ai pas dû faire attention. C'est loin. Ça fait presque dix ans.

– Une fausse blonde dans le genre Catherine Deneuve. Plutôt belle femme. En tous cas, elle passait pas inaperçue. C'est qu'à la grande époque, c'était quelqu'un, Stéphanie Guillemain. Quand elle entrait quelque part avec son patron, tous les regards se portaient sur elle. Ils ne se permettaient pas de familiarité en public, mais ça n'empêchait pas les gens de penser qu'elle était sa maîtresse. Même si elle était nettement plus âgée que lui. Il y en avait même qui disaient qu'elle avait été la maîtresse du père. Enfin, tu sais, ce que les gens racontent... Délicieuse, cette salade, conclut Juliette, son assiette finie, en reposant ses couverts.

40

– Et où je peux la trouver, la secrétaire ? dit Hélène. Elle vit toujours à Varrèdes ?

– Oui, naturellement. Elle est toujours cliente chez moi, je dois avoir son adresse quelque part. Elle a pris un sacré coup de vieux. Ça lui a fait un choc, la fermeture de l'usine. Elle l'a pas digérée. A son âge, tu penses, elle n'avait plus aucune chance de se faire engager. Du jour au lendemain elle s'est retrouvée sans situation... et sans amant. Je dis ça parce que tout le monde pensait que leur relation avait continué même après le mariage d'Albin Desachy.

– Elle a des problèmes d'argent ?

– Je ne pense pas. Elle est propriétaire de son appartement et ils l'ont mise à la retraite anticipée. En plus, elle a dû toucher des indemnités. Et puis elle s'est jamais mariée, cette femme, elle n'a pas d'enfant, elle avait sûrement des économies. Oui, ça pourrait être intéressant pour toi d'aller la voir. Repasse avec moi à la boutique tout à l'heure, je te donnerai son numéro. C'est une femme qui n'a pas grand-chose à faire de ses journées et elle en a gros sur la patate. Elle aura sûrement des choses à dire... Tu as vu ton père ces derniers temps ? demanda Juliette sautant du coq à l'âne, signe qu'elle en avait assez de parler de l'affaire, de se faire « cuisiner » par sa journaliste de fille.

– Je lui ai parlé au téléphone.

– Il va bien ?

– Je crois. Il m'a semblé en forme.

Les parents d'Hélène étaient divorcés. Côté sentiments, Juliette Fallois n'avait pas eu de chance, elle était tombée sur un mari coureur, un cavaleur impénitent. Elle avait vaillamment supporté cette situation jusqu'à la majorité de sa fille puis, le lendemain même de l'anniversaire d'Hélène, elle s'était séparée de lui. Mais ils n'étaient pas restés en mauvais termes.

41

Sans qu'elle en soit vraiment consciente, l'exemple de son père expliquait peut-être qu'à trente-deux ans Hélène ne soit pas encore mariée. Elle avait de brèves aventures, pas si fréquentes, mais il n'y avait pas d'homme dans sa vie. Il faut reconnaître que sa mère ne l'ennuyait jamais avec ça. Elle n'était pas du genre à bassiner sa fille avec ces histoires de mariage, la nécessité de fonder une famille, ni à lui brosser un sombre tableau de ce que serait sa vie plus tard, quand elle serait vieille et solitaire. Juliette vivait seule depuis une quinzaine d'années et ne s'en portait pas plus mal. Elle avait un « ami », sa boutique marchait bien. C'était une femme qui prenait la vie comme elle venait, toujours du bon côté.

Hélène avait compris le message, elle laissa tomber le sujet « Desachy ». Elles continuèrent leur repas en discutant comme deux bonnes amies de leurs affaires personnelles.

– Naturellement, tu te contenteras d'une salade de fruits ? suggéra malicieusement Hélène quand elles en furent arrivées au dessert

– Ben…, fit sa mère.

– Ou alors une tarte tatin ? Un bavarois au chocolat ? Ils sont très bien ici, les bavarois.

– Je ne sais pas si c'est raisonnable…

– Allons maman, pour une fois, fais-toi un petit plaisir. C'est pas ça qui va te faire grossir.

– Alors si t'insistes. Un bavarois, commanda Juliette, l'œil allumé, au serveur… Avec un petit pot de crème anglaise.

Le jour même, à quatre heures de l'après-midi, Hélène attendait Stéphanie Guillemain au *Café de la Paix*. Elle la reconnut tout de suite dans la femme d'un certain âge qui entrait en parcourant la salle d'un regard indécis.

Hélène s'était assise bien en vue, près de la vitre, mais sa visiteuse, après s'être approchée sur un signe de la journaliste, préféra aller s'asseoir dans un box du fond de la salle. Un souci de discrétion qu'Hélène jugea de bon augure. Même le choix qu'avait fait Madame Guillemain pour leur rendez-vous du *Café de la Paix*, situé place de l'Église et plus calme au creux de l'après-midi que *La Concorde* de la place Hoche, dénotait le désir de parler librement sans risque d'être écoutée.

Hélène n'avait pas eu de mal à obtenir son accord pour la rencontrer. Au téléphone, elle s'était d'abord présentée comme la fille de Juliette Fallois, mais son interlocutrice l'avait tout de suite arrêtée : elle savait qui elle était. Elle se souvenait même du reportage qu'elle avait fait chez VDE plusieurs années avant.

– Merci d'être venue, commença Hélène lorsqu'elles se furent confortablement installées sur les banquettes du box, à l'abri des oreilles indiscrètes. Est-ce que je peux vous offrir quelque chose ? Moi je prendrais bien un petit porto, annonça-t-elle avec entrain, en espérant que son invitée suivrait son exemple. Elle savait par expérience qu'un peu d'alcool délie les langues, ou tout au moins détend l'atmosphère et aide à mettre les gens l'aise.

Stéphanie Guillemain la suivit pour le porto et défit la cape de lainage qui recouvrait ses épaules. Elle apparut en tailleur, un tailleur gris plutôt strict mais sur un corsage féminin à col de dentelle et jabot. Catherine Deneuve, avait dit Juliette. Si cela avait été vrai, il n'en restait rien. Elle ne prenait plus la peine de se teindre en blonde et ses cheveux avaient retrouvé leur couleur naturelle : un châtain foncé, déjà strié de nombreux fils blancs. Mais plus que tout, plus que les cheveux poivre et sel, plus que les rides qui marquaient ses yeux, plus que le début d'affaissement du menton, c'était sa physionomie qui accusait son âge. Le regard semblait terni par la désillusion, deux plis amers encadraient sa

43

bouche. On devinait une femme dans une mauvaise passe, probablement dépressive.

Il apparut très vite que la personne qu'Hélène avait en face d'elle n'avait pas besoin d'un stimulant pour déverser ce qu'elle avait sur le cœur. Elle eut à peine besoin de la relancer par des questions, se contentant la plupart du temps de hocher la tête ou d'émettre des petits bruits approbateurs pour montrer qu'elle l'écoutait avec attention. Une heure durant, Stéphanie Guillemain fut intarissable.

Pour commencer, tout était de la faute d'Albin. Si elle en était où elle en était – en préretraite à cinquante-trois ans ! – c'était à cause de la sottise, de la nullité de ce fils de riche. Car si son père avait vendu VDE à une société suédoise, c'était bien parce qu'il savait son fils incapable de prendre sa suite. Ah, le temps n'était plus où les héritiers n'avaient qu'à s'asseoir dans le fauteuil de leur père et à laisser travailler leurs directeurs ! Ces temps heureux où les entreprises tournaient toutes seules. Aujourd'hui, avec les délocalisations, l'informatique, Internet et tout le tintouin, les entreprises devaient lutter durement pour survivre, elles avaient besoin de dirigeants combatifs, et Victor avait bien compris que son fils ne ferait pas le poids, qu'il serait capable de flanquer par terre en deux ans ce que lui-même avait mis quarante ans à construire. C'était la raison, l'unique raison pour laquelle il avait préféré vendre son affaire. Ça, il l'avait bien vendue. Vingt-trois millions d'euros ! Vingt-trois millions d'euros après impôts qu'il avait partagés avec son bon à rien de fils. Du coup, hein, Albin était à l'abri jusqu'à la fin de ses jours, il n'avait plus à lever le petit doigt. Mais c'est bien à cause de cet imbécile que tout le monde s'était retrouvé au chômage, et elle la première ! Car naturellement les acquéreurs s'était empressés de fermer l'usine, ils ne s'intéressaient qu'à la marque et à la clientèle...

A un moment, Hélène avait tenté de la ramener sur la seconde Madame Desachy, la victime de l'assassinat, celle qui était quand même au cœur de l'affaire, mais Stéphanie Guillemain avait éludé en disant qu'elle ne l'avait rencontrée qu'une ou deux fois. Au fond, tout ce qui l'intéressait, elle, c'était que cette affaire d'assassinat l'avait remise en selle. Comme elle avait bien connu les Desachy père et fils, tout d'un coup, même si ce n'était que provisoire, elle était redevenue quelqu'un. D'ailleurs, elle avait déjà été sollicitée pour une interview par *La Dépêche*.

D'elle-même, l'ex-secrétaire embraya sur l'épouse d'Albin avec une véhémence, une implication qui semblait bien confirmer qu'elle avait été la maîtresse de son patron avant son mariage, et peut-être même après. Odile Hernut. Une personne tout ce qu'il y avait de quelconque et au physique très ordinaire. La fille du directeur du supermarché PRIMA, sur laquelle Albin s'était rabattu après avoir été refusé par deux filles de son milieu. Elle l'avait su par une voisine qui faisait du repassage chez la mère d'une des deux jeunes filles et qui avait surpris une conversation. Ah, on pouvait dire que la petite Hernut avait eu de la chance ! Elle avait fait ce qui s'appelle un beau mariage, une union inespérée pour une fille de sa condition, surtout qu'elle avait déjà vingt-quatre ans quand Albin avait fait sa demande. Enfin, à présent elle n'avait plus qu'à se la couler douce. Avec la fortune des Desachy, elle pouvait tout se permettre, s'offrir tout ce qui lui faisait envie, partir en vacances où elle voulait. Au fil du temps, Victor avait acquis des propriétés dans toute la France, à Megève, à Antibes, à Trouville, à Saint-Jean-de-Luz... partout ! Il lui en avait même prêté une, une fois – une seule fois ! – pendant son congé annuel : elle avait passé trois semaines dans une villa splendide pour elle toute seule sur la côte basque. Et il y avait aussi un appartement à Paris, avenue Marceau, dans le quartier de l'Étoile...

Toujours à l'affût d'une information, Hélène avait dressé l'oreille : avenue Marceau ?... Oui, au 41, un appartement vide la plupart du temps. A la disposition des dames Desachy qui ne s'en servaient que quelques jours par an quand elles allaient faire leurs emplettes dans la capitale...

A cinq heures, le flot de ses confidences tari, Stéphanie Guillemain prit congé en s'excusant de s'être ainsi laissée aller. Hélène n'était pas dupe. Elle pensa qu'elle l'avait fait exprès, au contraire, et qu'il ne lui aurait pas déplu de lire quelques lignes perfides sur son ex-patron dans un article du *Progrès de Lyon*, avec ses quelque trois cent mille lecteurs. Tardive mais délicieuse vengeance – laquelle se mange froid comme chacun sait. La journaliste sourit : si l'ex-secrétaire d'Albin espérait se servir d'elle pour régler ses comptes, elle allait être déçue.

Mais elle comprenait son amertume. Si le fils Desachy avait été moins timoré, plus capable, il aurait repris l'affaire de son père et elle occuperait à présent le poste enviable d'assistante du PDG de l'une des plus belles entreprises de Bourgogne. Au lieu de ça, après une période brillante où elle avait été admirée, jalousée, où les gens se taisaient sur son passage et la suivaient des yeux avec une curiosité envieuse – ces deux décennies qui avaient été l'apogée de son existence –, Stéphanie Guillemain n'était plus rien. Une cinquantenaire sans enfant, sans mari, sans situation, dont la beauté et l'assurance n'étaient plus qu'un souvenir, voilà l'image objective et très dure que la ville lui renvoyait aujourd'hui.

Le café commençait à se remplir, la clientèle de l'après-midi. Sa visiteuse partie, Hélène commanda un thé et, mettant à profit la tranquillité du box, elle alluma

46

son portable et entreprit de rédiger son article pour *Le Progrès*. A défaut d'informations nouvelles, elle se contenta de récapituler les faits, mais en leur ajoutant force détails (dont quelques-uns bien trouvés de son invention) et descriptions (en particulier, celle de l'extraordinaire demeure qui avait été le cadre du crime) afin de rendre son récit plus vivant. C'est un talent que chacun lui reconnaissait au journal, celui de réussir à donner vie aux faits divers les plus banals. Mais son intuition lui soufflait qu'il ne s'agissait pas cette fois-ci d'un banal fait divers et que la mort de cette bourgeoise varredoise avait des raisons plus profondes et plus surprenantes que la stupidité d'un cambrioleur d'occasion.

Elle termina par quelques questions propres à tenir ses lecteurs en haleine : Alors qui était le coupable ? Le mari ? Mais pour quel motif aurait-il fait assassiner son épouse ?... Un voleur qui aurait tué la malheureuse femme sans le vouloir, par pure maladresse ?... Ou bien le drame avait-il ses racines dans quelque part secrète de la vie de la victime ? Peut-être à Lyon, d'où elle était originaire, ou même à Paris, dans ce quartier de l'Étoile où elle se rendait plusieurs fois par an ?

Hélène relut soigneusement son article et l'envoya en pièce jointe au *Progrès*.

Le jeudi, c'est-à-dire trois jours après l'assassinat, le corps de Béatrice Desachy fut rendu à sa famille. Le médecin-légiste avait fait son travail et conclu à une mort par étouffement. En fait, il en avait eu la certitude au premier coup d'oeil : rien qu'à l'aspect cyanosé du visage et à l'hémorragie des yeux qui traduisait un arrêt brutal de l'apport du sang au cerveau.

Le cadavre lui avait été « livré » tel qu'on l'avait trouvé sur la scène de crime, chaussé de mules et en chemise de nuit, en même temps que les liens – des fils électriques – qui avaient servi à ficeler la victime sur sa chaise.

Après avoir décollé les bandes adhésives qui enveloppait toute la partie inférieure de la tête, le légiste avait ôté la chemise de nuit. Ce vêtement, une chemise de soie arachnéenne et apparemment très fragile, ne présentait aucune déchirure ou accrocs. Une fois le corps mis à nu, une observation attentive de la peau ne révéla pas de bleus ni de griffures. Il n'y avait pas non plus de trace de piqûre. Mis à part les marques laissées par les liens aux chevilles et aux poignets, des marques rouges et profondes montrant qu'ils avaient été noués très serrés, le reste de l'épiderme était impeccable. Les seules cicatrices visibles se trouvaient sur la tête et c'était celles d'une opération esthétique des paupières et d'un lifting du visage datant d'environ un an. L'examen aux UV fit apparaître une ecchymose sur la hanche, mais c'était une petite ecchymose ancienne, antérieure à l'assassinat, qu'elle avait pu se faire en heurtant un meuble ou en faisant du sport. Le corps ne présentait pas de traces défensives, comme celles qu'on trouve sur les mains et les avant-bras, et même sur les jambes quand les victimes se sont débattues à coups de pied contre leur agresseur. Un examen plus poussé confirma que la victime n'avait pas été violée.

La digestion de son dernier repas était terminée, comme le montra l'observation des organes internes. A en juger par l'état du cadavre, la mort s'était produite entre minuit et deux heures du matin.

Dans son rapport d'autopsie, le légiste conclut à un décès par asphyxie. Il n'y avait pas eu lutte. Probablement sous la menace d'un revolver, l'assassin avait dû convaincre la propriétaire des lieux de se laisser attacher sans résistance, en l'assurant qu'il ne lui voulait pas de mal et qu'un domestique viendrait la délivrer le lendemain matin. Et il était peut-être cagoulé, ce qui

48

avait pu rassurer sa victime puisque le port d'une cagoule pouvait être interprétée comme une précaution pour n'être pas reconnu plus tard. Ensuite, une fois sa victime immobilisée, solidement ficelée sur sa chaise et sans défense, son assassin l'avait bâillonnée en obturant méthodiquement ses narines. Pour le légiste, le soin apporté à cette obturation, la bande adhésive repassée quatre fois pour envelopper complètement le nez et interdire le passage de l'air, indiquait que le meurtre était intentionnel et probablement prémédité.

Les conclusions du légiste confirmaient l'opinion du commandant Lemay. Mais elles ne firent que renforcer la question qui le tarabustait depuis un moment : comment se pouvait-il que Victor Desachy, un homme d'expérience, considéré par tous comme remarquablement intelligent, défende contre l'évidence et avec une étrange obstination l'hypothèse d'un crime de rôdeur qui aurait tué sa femme par accident ? Était-ce lui le coupable ? Ce brillant industriel, ce bâtisseur aurait-il pu, au soir de sa vie, commanditer l'assassinat de sa propre épouse ? Ou, s'il n'était pas coupable, savait-il ou soupçonnait-il quelque chose et essayait-il de protéger quelqu'un ?

Les obsèques eurent lieu le lendemain, le vendredi 10 février donc, en l'église Saint-Sauveur, édifice roman du cœur de la vieille ville. L'assistance était clairsemée : une quinzaine de personnes au plus. Retraité, fragilisé par un premier accident cardiaque, Victor Desachy n'était plus tout à fait le notable influent qu'il avait été et les circonstances crapuleuses de la mort de sa femme avaient dissuadé la plupart de ses relations d'assister à l'enterrement.

Après tout que savait-on de cette Béatrice, s'interrogeait le beau monde varredois qui, depuis

49

l'annonce du crime par *La Dépêche*, dans les salons, dans les dîners en ville ou au téléphone ne se privait pas de commenter l'affaire. Une femme sortie de nulle part, et de trente ans plus jeune, qui avait réussi à embobiner ce pauvre Victor. Une aventurière sans véritable éducation. Un peu trop de goût pour la toilette, certainement dépensière. Enfin quelqu'un qui n'était pas à sa place parmi eux. La pauvre, tout de même, s'apitoyaient les bonnes âmes, elle n'avait pas eu de chance... Quelle mort affreuse ! Mais qu'est-ce qu'on en savait réellement de cette histoire, répondaient les moins compatissants, c'était peut-être son passé qui avait resurgi, un passé douteux qui lui avait sauté à la figure...
– Et ainsi de suite.

Finalement, les membres de la bonne société s'étaient mis d'accord pour s'abstenir de paraître à ses obsèques. A la place, les Desachy reçurent des lettres de condoléances nombreuses, exprimant une vive émotion.

La messe finie, les orgues éclatèrent et l'assistance quitta l'église pour s'engouffrer dans les voitures. La courte procession, quatre voitures noires rutilantes suivant le fourgon mortuaire, traversa lentement la ville jusqu'au cimetière.

Le commandant Lemay s'y trouvait déjà. Le cimetière n'avait pas de gardien et aucun familier des lieux, fossoyeur ou jardinier ne se trouvait là pour le guider mais, en se limitant aux tombes les plus prestigieuses, celles qui se voyaient de loin, avec leurs volumineuses pierres tombales de marbre ou de granit sombre et leurs inscriptions dorées gravées dans la pierre, il n'avait pas eu de mal à repérer le caveau des Desachy. Le commandant se tenait donc quelques mètres plus loin, près d'un arbre dénudé, au bord d'une allée balayée par un vent glacé, le col de sa canadienne relevé et ses mains gantées enfoncées dans ses poches, observant avec une grande attention la physionomie des personnes présentes.

Dans un long pardessus bleu marine, en col blanc empesé et cravate noire au nœud serré, Victor Desachy présentait un visage impassible, malgré l'extrême pâleur de son teint, peut-être causée par le froid. A quoi pensait-il, ce vieil homme, devant l'imposant caveau qu'il avait fait construire pour honorer ses morts et témoigner, aujourd'hui et dans les décennies futures, de la réussite de sa famille ? Sans doute avait-il cru que ses parents viendraient l'occuper les premiers mais, par la volonté de Dieu, ceux-ci étaient toujours vivants et bien vivants, "à la bonne air » dans les monts d'Auvergne, comme l'avait appris au commandant Louise Maheu, la cuisinière. Et le seul nom inscrit en lettres d'or sur la stèle était celui de sa première épouse, Mathilde Desachy, née Leroy (1954-2002), au-dessous duquel serait bientôt gravé celui de la seconde. Éprouvait-il de la compassion pour ces deux femmes trop tôt disparues ? Etait-il en train de philosopher sur l'imprévisibilité, l'absurdité de la vie ? Ou, plus prosaïquement, songeait-il que, déjà frappé par un infarctus, avec cette façon ironique qu'a la mort de venir vous effleurer pour s'éloigner aussitôt, l'air de vous lancer dans un rire : « *A bientôt, à bientôt chère âme, à la revoyure, vous serez alors tout à moi...* », lui-même n'allait sans doute pas tarder à les rejoindre ? En ce moment précis, ce veuf pas vraiment éploré s'apitoyait-il sur ses deux infortunées épouses ou bien, égoïstement, sur son propre sort ?

Il tenait par la main le petit Damien, un adorable garçonnet blond qu'on était allé retirer de sa classe de neige pour assister à l'enterrement de sa mère. L'enfant, apparemment frigorifié, ne pleurait pas, intimidé ou abasourdi par le cérémonial de la mise en terre et par la gravité des adultes qui l'entouraient.

51

Albin Desachy, beau-fils de la défunte et son contemporain (par coïncidence, ils étaient nés tous les deux trente-neuf ans plus tôt), dans une tenue vestimentaire irréprochable, presque trop recherchée pour la circonstance, se tenait tête baissée, avec une expression à la fois désolée et embarrassée. Il se tenait à côté d'une jeune femme que Lemay n'avait jamais vue et dont il devina qu'elle était son épouse, celle qui, selon les dires de Louise, avait fui la demeure familiale après le remariage de son beau-père parce qu'elle ne s'entendait pas avec sa belle-mère. Son visage était inexpressif mais on pouvait imaginer que la mort de celle-ci ne devait pas l'affliger beaucoup, et que peut-être même elle l'arrangeait. Du chapeau de feutre noir dont le bord était rabattu sur son front s'échappaient des mèches de cheveux roux. Leur couleur naturelle comme l'attestait la blancheur de sa peau et les taches de son qui parsemaient sa figure aux traits un peu lourds, sans laideur ni grâce particulières.

Un couple dans la cinquantaine se trouvait près d'eux, probablement les parents de la jeune femme. Sans se ressembler de visage, la mère et la fille avaient un air de famille, quelque chose de rustique dans leur silhouette solidement charpentée, dans leur façon de se tenir bien plantées sur leurs jambes chaussées pareillement de bottes, même si la mère était nettement plus empâtée. Pendant que le prêtre prononçait l'éloge funèbre, réduit comme c'est souvent le cas pour les femmes à des paroles convenues sur son dévouement d'épouse et de mère de famille, la mère de la jeune Madame Desachy regardait autour d'elle avec une curiosité vague et un air d'ennui. Son mari semblait ailleurs, lui aussi. Il ne pouvait se retenir de piétiner sur place, visiblement pressé que cela finisse pour retourner à des occupations plus importantes. Aucune classe, aucun savoir-vivre, jugea le commandant. A l'évidence, ces gens n'appartenaient pas au même milieu social que les Desachy.

Les vieux parents de Victor étaient absents. En fils attentionné, il n'avait probablement pas voulu les déranger, les troubler dans leur grand âge par le rappel de leur disparition inéluctable et prochaine.

Personne non plus qui semblât appartenir à la famille de la défunte. Ou elle n'en avait plus, ou elle avait coupé les ponts. Le commandant se promit d'envoyer un gars de son équipe enquêter sur elle à Lyon.

Juste derrière la famille proche, il reconnut Monsieur le maire, Jean Dumontier, de notoriété publique ami intime de Victor, et sa sœur Aline, célibataire par choix et figure varredoise de premier plan, dont la garden-party annuelle dans les jardins de son hôtel particulier de l'avenue de France, une élégante bâtisse qui faisait presque face à la propriété Desachy, était aussi courue que celle de l'Élysée au 14-Juillet.

Légèrement en retrait et dans une attitude respectueuse, il y avait bien sûr les deux domestiques, Paul Rechin et Camille Loret, que Lemay avait déjà convoqués et interrogés séparément au commissariat sans recueillir la moindre information intéressante. Le jardinier-homme à tout faire était du genre « taiseux », peu curieux des affaires d'autrui, plus enclin à discuter avec ses plantes qu'avec les humains. Il s'occupait également du jardin du jeune couple Desachy mais, comme il disait, « il était plus souvent dehors que dedans » et ne savait rien de ce qui se passait derrière les murs des maisons, sauf quand il y avait quelque chose à réparer.

Quant à la femme de ménage, sans vouloir être méchant, Lemay l'avait trouvée un peu gourde. Il en avait déjà vu des comme elles, de ces jeunes femmes uniquement préoccupées de leur petite famille, de leur

53

intérieur, des histoires des copines, des rideaux neufs de la voisine. Elles vivaient dans leur monde, un monde très étroit ; à peine si on aurait pu leur faire citer le nom du président de la République en exercice.

Camille Loret était employée chez les Desachy à mi-temps. Elle s'acquittait machinalement de sa tâche, très répétitive, sans rien voir de ce qui se passait autour d'elle, la tête pleine de ses petites affaires. Et sitôt son travail fini elle se dépêchait de rentrer chez elle pour s'occuper de son jeune enfant, dix-huit mois, que sa mère gardait pendant son absence. Alors, les histoires de ses patrons, hein, comme elle l'avait dit au commandant, primo ça la regardait pas, deuxio elle s'en fichait pas mal... « Tout de même, avait-il insisté, la mort de votre patronne a bien dû vous faire quelque chose ? » – « Ah oui, quand même, j'ai pensé que c'était bien malheureux pour elle. » – « Vous la connaissiez un peu, Madame Béatrice ? Ça vous arrivait de parler avec elle ? » – « Bonjour-bonsoir. Mais je la voyais pas souvent parce qu'il fallait que je m'arrange pour pas venir dans la pièce où elle était. Ça l'énervait que je sois autour d'elle à faire le ménage. »

C'était tout ce que le commandant avait pu en tirer.

A côté des deux domestiques, se trouvaient trois autres personnes, arborant une mine de circonstance, que le policier identifia comme des voisins ou des fournisseurs et sur lesquelles il ne crut pas utile de s'attarder.

Beaucoup plus intéressante à ses yeux, la cuisinière, cette Louise Maheu qu'il avait déjà rencontrée chez Victor Desachy, se tenait à l'écart, droite et digne dans un sévère manteau de couleur anthracite, seule personne isolée parmi les groupes. Son visage encadré par un foulard sombre noué sous son menton n'exprimait pas d'affliction, pas même la compassion impersonnelle qu'on peut éprouver pour des inconnus décédés de mort

54

violente. Elle semblait plongée dans ses pensées et le commandant aurait donné cher pour savoir ce qui se passait dans sa tête, derrière ce front haut marqué de rides. Quelque chose lui disait que s'il réussissait à faire la lumière sur ce crime étrange, ou tout au moins s'il parvenait à recueillir un indice, un détail qui le mettrait sur la voie, ce serait grâce à cette femme.

Au service des Desachy depuis plus de trente ans, plus souvent dans la maison de ses patrons que dans la sienne propre, si l'on excepte les nuits qu'elle passait chez elle, elle avait probablement toute leur confiance. Elle avait connu Albin tout petit, s'était occupée de sa mère quand celle-ci était tombée malade, et c'était encore elle qui avait tenu la maison après sa mort et pris soin de l'époux et du fils demeurés seuls avec leur chagrin. Si discrets, voire secrets que soient généralement les bourgeois sur leurs affaires de famille, tout portait à croire que les deux hommes se cachaient très peu d'elle, et elle devait en connaître long sur les problèmes sentimentaux, les rivalités, les batailles d'intérêts qui agitaient les Desachy – car le commandant était sûr qu'il y en avait, comme dans toutes les familles fortunées.

Louise Maheu l'avait repéré. Il avait surpris le coup d'œil rapide qu'elle lui avait jeté en arrivant, avant même que le petit groupe qui constituait tout le cortège eût atteint le caveau mortuaire. Elle se doutait bien qu'après le jardinier et la femme de ménage, ce serait à son tour d'être retournée sur le gril, que le policier l'avait en quelque sorte gardée « pour la bonne bouche ».

Lemay pensait qu'il aurait un peu de mal à la faire parler, mais c'était une femme simple, elle aurait peur des ennuis et serait facile à intimider. Tout ce qu'il voulait, en somme, c'était lui en faire dire assez pour qu'il puisse interroger sérieusement son patron, le mari de la victime. A défaut de preuve, il lui fallait au moins un motif, un mobile possible qui justifie qu'il retienne cet homme important, familier du maire, du préfet, et de Dieu sait qui encore, pour un interrogatoire approfondi, ou même, si c'était absolument nécessaire, qu'il le mette en garde à vue.

Le commandant fut tiré de ses réflexions par un bruit de pas décidés sur les cailloux de l'allée. Il reconnut de loin la silhouette d'Hélène Fallois, la journaliste du *Progrès*, qui surgissait comme par enchantement dans son champ de vision chaque fois qu'un délit de quelque importance se produisait à Varrèdes. N'ayant pas envie d'être arraché à ses réflexions ni déconcentré par un bombardement de questions insistantes, il s'éloigna et gagna la sortie du cimetière avant qu'elle n'arrive à sa hauteur.

Plus d'une semaine s'était écoulée depuis la découverte de l'assassinat et Lemay n'avait toujours pas le plus petit indice, pas le moindre fil à tirer. En ce début d'après-midi froid et ensoleillé du mardi 14 février, seul dans son bureau et attendant l'arrivée de son prochain témoin, il tapotait d'un doigt impatient le dossier chétif contenant le peu d'informations qu'il avait pu réunir jusqu'ici sur l'affaire.

Louise Maheu se présenta à quatorze heures précises comme le stipulait sa convocation. Elle paraissait troublée, si mal à l'aise qu'un policier débutant aurait pu la croire coupable, ou complice, ou en tout cas se figurer qu'elle avait quelque chose à cacher. Mais Lemay avait assez d'expérience pour comprendre qu'elle était simplement impressionnée par sa visite au commissariat, par l'ambiance d'autorité, le côté militaire et rigoureux des lieux. Elle devait se méfier, craignant, pendant son interrogatoire, de prononcer des paroles maladroites susceptibles de nuire aux Desachy, à cette famille dont

56

elle se sentait très proche, qu'elle considérait peut-être un peu comme la sienne depuis le temps qu'elle les servait et partageait leur vie.

Hésitant sur la conduite à tenir, n'ayant pu se décider entre un ton intimidant et sévère (au risque de provoquer une crise de larmes, avec reniflements et sortie de mouchoirs) ou au contraire amical et conciliant (et là, si elle se sentait trop à l'aise, elle garderait pour elle ce qu'elle voulait taire) – les deux hypothèses se soldant l'une et l'autre par une perte de temps –, le commandant l'accueillit par un neutre :

– Bonjour Madame. Asseyez-vous, je vous prie.

Il laissa passer quelques longues secondes, feignant de consulter les pages de son dossier.

– Bien, dit-il en relevant la tête. Vous savez pourquoi je vous ai fait venir ?

– C'est par rapport au crime, répondit la cuisinière.

– En effet. J'aimerais entendre votre opinion là-dessus.

– Mon opinion sur quoi ?

Il précisa brutalement, afin de lui rappeler qu'elle était là pour une affaire grave :

– Sur la mort violente de votre patronne. Son assassinat.

– Monsieur pense que c'est par un rôdeur.

– Mais votre avis personnel ?

– Je pense comme Monsieur.

Lemay eut l'impression qu'elle était sincère. Elle avait prononcé ces mots calmement, sans l'expression sournoise qu'ont souvent les gens simples quand ils mentent.

– Vous n'aviez rien remarqué d'inhabituel dans la maison ces derniers temps ? Un changement dans le comportement des membres de la famille, personne ne vous a semblé particulièrement soucieux, inquiet ?

– Rien du tout. Tout le monde était normal.

57

– Une voix inconnue au téléphone ? Des appels répétés ou une conversation bizarre que vous auriez entendue par hasard...

– J'espionne pas mes patrons, l'interrompit Louise, vexée.

– – ... Il ne s'agit pas de ça, voyons. Vous êtes chez eux depuis si longtemps, vous devez faire un peu partie de la famille.

– J'ai rien remarqué.

– Des éclats de voix... Une dispute à laquelle vous auriez assisté sans le vouloir ?

– Non, j'ai rien entendu.

A présent, elle avait pris l'air dissimulé des menteurs, ou de ceux qui essaient de cacher quelque chose, ce qui amena Lemay à changer de ton :

– Ecoutez-moi bien, Madame Maheu, nous essayons de faire la lumière sur un crime. Un crime odieux et atroce. C'est votre devoir de coopérer avec la police. Si vous ne nous dites pas ce que vous savez, tout ce que vous savez, et qu'on découvre le coupable au sein de la famille, parmi les proches de la victime, vous serez considérée comme complice. Complice d'un assassinat. Vous comprenez ce que ça veut dire ?

– Mais puisque je vous dis que je sais rien ! se récria Louise. Et puis ça peut pas être dans la famille, qu'est-ce que vous allez chercher ! Les Desachy, c'est pas des bandits, c'est des personnes bien.

– Parlez-moi un peu de Madame Béatrice. Vous aviez bien une idée sur elle depuis... combien ? Sept ans que vous la serviez ?

– Cinq. Ça faisait cinq ans qu'elle était là. Monsieur l'a épousée en 2007.

– C'était quel genre de personne ? Elle était gentille avec vous ?

– Pas spécialement.

– Vous aviez à vous plaindre d'elle ?

58

– Non plus. D'abord, on se voyait pas beaucoup. Elle descendait le matin dans la cuisine pour parler des menus, c'est tout. Elle restait pas longtemps.

– Elle se comportait comment avec vous ?

– Elle gardait ses distances. C'était pas comme la première épouse de Monsieur. Avec Madame Mathilde, on discutait, ça nous arrivait de bien rire toutes les deux. Des fois, on faisait même la cuisine ensemble.

– Alors après, avec Madame Béatrice, ça a dû vous faire du changement. Vous la trouviez hautaine ? Peut-être un peu méprisante ?

– Ça se fait pas de dire du mal des morts, déclara Louise, dans une tentative un peu naïve pour stopper le policier. A cet instant, elle aurait bien aimé pouvoir se retrancher derrière le secret professionnel, comme un prêtre ou un médecin.

– Donc, persévéra le commandant, avant l'arrivée de votre nouvelle patronne, cette grande maison n'était habitée que par Monsieur Desachy, son fils et la jeune épouse de ce dernier.

– C'est bien ça, répondit la cuisinière. Albin s'est marié trois ans après la mort de sa mère. C'était surtout pour faire plaisir à Monsieur, laissa-t-elle échapper.

– Qu'est-ce que vous voulez dire ?

– La maison était si triste après la disparition de Madame Mathilde. Dans la journée, heureusement, ils avaient leur travail à l'usine. Mais le soir, quand la nuit tombait, c'était une pitié de les voir tous les deux tout seuls en tête à tête.

– Ils ne sortaient pas ?

– Presque pas. Sauf Monsieur qui se rendait à Lyon toutes les semaines.

– Pour quoi faire ?

– J'en sais rien, moi. Il me faisait pas ses confidences.

– Vous avez bien dû vous poser des questions, quand même ?

– Pour se changer les idées, qu'il disait. Il a commencé à y aller à peu près un an après la mort de Madame.

Lemay retint un sourire. Il savait que Louise pensait comme lui : Victor Desachy avait dû rencontrer Béatrice et ses escapades étaient pour rejoindre celle qui allait devenir sa deuxième femme. Il ne prit même pas la peine de lui demander s'il lui arrivait de passer la nuit à Lyon. Comme elle ne dormait pas avenue de France, elle aurait eu beau jeu de répondre qu'elle ne pouvait pas savoir où son patron passait ses nuits.

– Et son fils, il ne sortait pas ? Il était jeune, lui, pourtant ?

– Albin, il a toujours été casanier. Et puis la mort de sa mère, ça lui avait fait un coup terrible. Il avait sûrement pas envie de courir ici et là. Il allait à Lyon de temps en temps lui aussi, mais c'était pas souvent.

– Qu'est-ce qu'ils faisaient de leurs soirées ?

– Ils jouaient aux échecs ou ils regardaient un film à la télé. De temps en temps, ils étaient invités dans un dîner en ville. Et pendant la saison, ils allaient à leur club de chasse. La chasse, ça leur plaît bien. Ils sont tous les deux bons tireurs. Des vrais champions. Ils ont même participé à des concours nationaux.

– Ça a duré combien de temps, cette période de deuil ?

– Oh, longtemps, très longtemps ! Mais finalement Monsieur Victor a pris sur lui, et c'est lui-même qui a conseillé à Albin de se marier. Il disait qu'il fallait redonner vie à la maison, qu'il voulait entendre des voix de femmes et des cris d'enfants entre ses vieux murs. Monsieur Victor, au fond, c'est un bon vivant. Oui, c'est un homme qui a toujours été du côté de la vie, résuma

60

Louise qui connaissait bien son patron et ne manquait pas de psychologie.

– Et quand l'épouse d'Albin est arrivée, les choses se sont arrangées ?

Le visage de la cuisinière s'éclaira :

– Pour ça oui, l'ambiance a changé du tout au tout. On peut dire que Madame Odile avait apporté de la gaîté dans la maison. Elle s'amusait à décorer, remplaçait les rideaux, changeait les meubles de place... Monsieur et Albin la laissait faire comme elle voulait. Souvent je l'entendais chanter, elle était toujours pleine d'entrain. C'était une très jeune femme, hein, et il faut dire qu'elle était très gâtée, aussi bien par son mari que par Monsieur. Elle était comme une reine, ici, la reine de la maison. Pour une fille comme elle, on peut dire qu'elle avait fait un beau mariage.

– Une fille comme elle ?

– C'est la fille du directeur du PRIMA. Sa famille n'est même pas d'ici. Le père a été nommé à la direction de l'hypermarché il doit y avoir une dizaine d'années, je me rappelle plus exactement. Il s'était inscrit au club de chasse et c'est là que Monsieur l'avait rencontré. Je crois bien que ce sont des gens d'Orléans, en tout cas pas de la même situation de fortune. Enfin tant mieux pour elle si elle a eu de la chance. Albin, c'est un brave garçon, moi mon avis c'est qu'elle le menait par le bout du nez. Leur seul regret, c'était qu'ils n'arrivaient pas à avoir d'enfants. Et pourtant Madame Odile avait juste le bon âge, vingt-quatre ans. Au début, ils ont fait tout ce qu'ils ont pu...

– Ça ne devait pas être trop pénible, se permit de plaisanter Lemay.

– ... mais ça n'a pas marché, continua Louise sans relever. Monsieur ne voulait pas les embêter avec ça mais j'ai bien vu que ça lui faisait de la peine. C'était ce qu'il espérait, lui, au fond : des petits-enfants.

61

– Alors ça tombait bien que sa deuxième épouse soit mère d'un petit garçon, remarqua Lemay.

– Ah, sûrement. Damien, c'est un gosse gentil et très rigolo. – Le visage de la cuisinière s'éclaira : On peut dire que lui aussi il a apporté de la vie dans la maison...

Elle commençait à se laisser aller. Lemay avait souvent observé ce phénomène : s'il n'était pas maladroit, s'il montrait de l'empathie pour les gens qu'il interrogeait, venait un moment où ils se sentaient en confiance et où, si discrets qu'ils soient par tempérament ou par profession, ça les soulageait de dire ce qu'ils pensaient, ce qu'ils avaient sur le cœur. Mais sans doute aussi lui avait-il fait peur en la menaçant de la considérer comme complice.

– Il avait quel âge exactement le petit Damien quand il est venu vivre ici avec sa mère ?

– Quatre ans.

– Il s'entendait bien avec son beau-père ?

– Ah oui, ils étaient très familiers. Monsieur adorait jouer avec lui, et le petit était toujours après. Sitôt que Monsieur rentrait, il se précipitait à sa rencontre... Il avait l'air de bien le connaître.

– Dites-moi, Madame Maheu, vous n'avez jamais pensé que Damien pouvait être le fils de votre patron ? Son fils naturel, je veux dire ?

Louise prit un air étonné :

– Non, j'y ai jamais pensé. D'abord, le petit lui ressemblait pas du tout.

– Oh, la ressemblance entre un enfant de quatre ans et un homme de soixante-dix...

– Il ressemblait même pas à Monsieur sur ses photos d'enfants, répliqua Louise, ce qui fit penser au commandant qu'elle s'était effectivement posé la question et avait dû jeter un coup d'œil dans l'album de famille.

62

– Votre patron aurait pu fréquenter Madame Béatrice avant la disparition de sa première femme. Une relation extraconjugale discrète, à Lyon, loin d'ici, ça arrive souvent ce genre de choses, ça n'aurait rien d'exceptionnel.

– Mais de quoi vous me parlez, là ? l'arrêta Louise, indignée. C'est pas mes affaires.

Craignant de la cabrer, le commandant choisit un autre angle d'approche :

– Elle n'était pas jalouse de sa belle-mère, Madame Odile, elle qui n'arrivait pas à mettre un enfant au monde ?

– Je sais pas. Peut-être.

– Elles s'entendaient bien, toutes les deux ?

– A peu près.

– Il y avait des disputes ?

– Pas souvent des disputes. Mais c'était tendu entre elles. Je le sentais bien.

– Madame Odile pensait peut-être que la nouvelle Madame Desachy avait pris sa place ?

– Oui, c'est possible. Après le remariage de Monsieur, c'était devenu Madame Béatrice la maîtresse de maison. Et le jour où elle s'est installée dans la chambre de Madame Mathilde et qu'Albin et sa femme ont dû déménager de l'appartement des maîtres pour aller de l'autre côté du couloir, c'est moi qui les ai aidés à transporter leurs affaires et, là, j'ai bien vu que Madame Odile faisait la tête. Elle était très en colère, je dois dire. Mais qu'est-ce que vous voulez, c'était normal, elle pouvait rien y changer. Remarquez, Madame Béatrice aussi aurait pu être jalouse ; d'abord la femme d'Albin avait dix ans de moins qu'elle, et puis peut-être qu'Odile était plus instruite. A Orléans, elle avait été en pension, elle avait son baccalauréat... Enfin, vous voyez, ce genre de jalousies.

– Et ces jalousies, elles se traduisaient comment ? Il y avait des affrontements, des scènes ?

– Oh, moi, j'étais pas toujours là. Et même quand j'étais là, quand je sentais que ça commençait, je me sauvais dans une autre pièce. Mais je me rappelle une fois où ça c'était passé dans ma cuisine. Ce jour-là, j'avais trouvé que Madame Béatrice y était allé un peu fort...

– Racontez-moi ça, l'encouragea le commandant.

– Eh bien voilà. Quand Madame Odile vivait chez nous, son père nous faisait livrer toutes les semaines des provisions de son supermarché, c'était son cadeau pour la famille. Tous les lundis matin, ça ne ratait jamais, la caisse du PRIMA arrivait dans ma cuisine. Et pour moi c'était moins fatigant, ça me faisait des courses en moins, vous comprenez... Donc un matin par hasard, Madame Béatrice descend plus tôt que d'habitude pour faire les menus de la semaine. La caisse était toujours sur la table, j'avais pas encore eu le temps de ranger les produits... Alors, Madame voit la caisse et elle fait : *Qu'est-ce que c'est que ça ?* Elle le savait bien ce que c'était, que le père de sa belle-fille nous faisait porter des provisions toutes les semaines. Mais ça fait rien, elle fait comme si elle s'en apercevait pour la première fois. Tout d'un coup, elle se met à sortir les produits en retournant les sacs d'un seul coup et en laissant les fruits et les légumes se répandre n'importe comment... Les pommes, les poires, les radis, les tomates, tout roulait sur la table, tout mélangé... Et elle criait : « *Mais regardez-moi tout ça, mais à quoi ça rime ? Des tomates de serre cultivées sur du coton !... des pommes bourrées de pesticides !... des mangues de pétaouchnoque trimballées sur des milliers de kilomètres !... Du raisin du Chili... Comme si on avait besoin de manger du raisin au mois de mai ! Ridicule...* » – Moi j'essayais de lui expliquer : « *Les pommes, les poires, c'est pour mes tartes et mes*

64

compotes, je fais des grosses épluchures... Les grappes de raisin sont lavées longtemps sous le robinet... ».

Et tout d'un coup voilà Madame Odile qui arrive et, au lieu de se taire, Madame Béatrice continue encore plus fort avec de grands gestes dégoûtés en faisant claquer les sacs vides entre ses mains et en les froissant bruyamment : « *Et ces côtes de veau en barquette, qu'est-ce que c'est ? Encore du veau aux hormones, je parie, pâles comme elles sont... Et les grosses fraises, là, d'où elles sortent ces grosses fraises ? Probablement des saloperies poussées sur du plastique... Des gariguettes, vous dites ? Maousses comme ça ?...* – et elle en attrape une au bout de ses doigts et la porte à son nez d'un air écœuré : « *Elles sentent rien, ces gariguettes, ça m'étonnerait qu'elles aient été cueillies dans la garrigue... Ha, ha...* ». Alors j'ai dit : « *Qu'est-ce que j'y peux, moi...* » et elle m'a répondu : « *Mais je ne dis pas ça contre vous, ma pauvre Louise, au contraire, il faut que vous soyez une sacrée bonne cuisinière pour réussir à tirer parti de toutes ces saletés !* » – J'ai répondu : « *Il faut bien manger quelque chose...* » – « *Et le bio, alors ? Ça existe, le bio ! On devrait tout de même avoir les moyens de se nourrir convenablement dans cette maison !...* ».

Et pendant ce temps-là Madame Odile restait là sans rien dire, elle était toute pâle. Alors là, j'ai dit que j'avais à faire à la cave et je suis partie, je les ai laissées se débrouiller entre elles. Mais j'ai pensé que c'était méchant de faire ça, c'était vexant pour Odile de dire du mal des produits envoyés par son père. Surtout que Monsieur Hernut, il choisissait ce qu'il avait de meilleur.

– En effet, approuva le commandant, c'était pas très délicat.

– Moi j'ai pensé qu'elle le faisait exprès. Sûrement pour se venger de quelque chose. D'une histoire qu'il y avait eu entre elles et que je connaissais pas.

65

– Donc, d'après ce que vous me dites, elles ne s'entendaient pas très bien toutes les deux ?

– Il y avait peut-être des torts des deux côtés. C'était une situation difficile. Savoir laquelle était la maîtresse. D'abord c'était Madame Odile, et puis tout d'un coup voilà une autre Madame Desachy qui arrive…

– Et finalement Odile est allée vivre ailleurs avec son mari, elle a été obligée d'abandonner sa belle maison ?

– Oh, ils sont très bien installés eux aussi. J'y suis allée plusieurs fois pour leur apporter des choses qu'ils avaient oubliées. C'est même grand pour un couple sans enfants.

– Quand même, l'épouse d'Albin avait de bonnes raisons de détester sa belle-mère, ce n'est pas votre avis ? Et quand les femmes se détestent, pour se venger, il leur arrive de commettre des actes terribles. Odile Desachy voulait peut-être du mal à Madame Béatrice…

La cuisinière qui, dans l'élan de son récit, avait un peu oublié où elle était comprit que le commandant la ramenait à l'assassinat de sa patronne :

– Tout de même pas à ce point-là, répondit-elle avec bon sens.

Jugeant le moment venu de relâcher la pression, d'accorder une petite pause à son témoin, le commandant changea de sujet :

– Vos avez des enfants, Madame Maheu ?

– Une fille. Elle vit dans le Nord avec son mari.

– Des petits enfants ?

– Deux. Deux garçons. Je les vois pas souvent. Leurs parents me les amènent certaines années à Noël.

– Mais vous ne vivez pas seule ? Vous êtes mariée, je crois ?

– Avec un employé d'EDF. Il est à la retraite, à présent. Mais il n'est plus très vaillant. Ses rhumatismes le font souffrir. Et c'est un handicap aussi, il peut pas faire tout ce qu'il voudrait.

– Heureusement, vous êtes là pour prendre soin de lui.

– Le soir, oui. Mais dans la journée je suis au travail. Et il faut bien qu'il se débrouille.

– Vous travaillez de quelle heure à quelle heure ?

– De huit heures du matin à huit heures du soir, des fois neuf...

– De sorte que vous passez plus de temps chez les Desachy que dans votre propre maison, observa le commandant, revenant à ses moutons. Depuis combien de temps êtes vous leur employée ?

– Trente et un ans. Ça fera trente deux en juillet. J'ai été engagée début juillet 80.

– Alors vous devez bien connaître Monsieur Desachy père...

– Qu'est-ce que vous voulez dire ? fit Louise, aussitôt sur ses gardes.

– Eh bien, depuis trente ans que vous prenez soin de lui, votre patron ne doit pas se méfier, il parle sans doute très librement devant vous, vous devez être au courant de beaucoup de choses.

Car ce qui intéressait avant tout le commandant, évidemment, c'était Victor Desachy, le patriarche, le pivot de cette famille, et c'était surtout pour entendre parler de lui qu'il avait convoqué la cuisinière. Mais s'il avait assez facilement réussi à la faire parler des deux femmes, quand il en fut arrivé à son patron ce fut une toute autre affaire.

Elle l'arrêta d'un prompt :

– J'écoute pas aux portes !

L'inévitable « J'écoute pas aux portes », qu'il avait entendu mille fois prononcer par des domestiques, des barmen, des secrétaires, ou bien par des femmes de chambre, des veilleurs de nuit d'hôtel. Des gens au

67

contraire très attentifs à ce qui se passait dans le lieu où ils travaillaient, très curieux des faits et gestes de leurs clients ou de leurs collègues, de ce qui pouvait arriver aux uns ou aux autres. D'ailleurs, le policier l'avait souvent constaté, après cette protestation de principe, ils ne tardaient pas à déballer tout ce qu'ils savaient et même ce qu'ils ne savaient pas, une fois lancés on ne pouvait plus les arrêter.

Mais Louise Maheu était plus que réticente. Victor Desachy, pour elle c'était sacré, et elle aurait eu le sentiment de le trahir en répétant la moindre de ses paroles, en rapportant le plus insignifiant de ses actes.

Estimant qu'il avait assez perdu de temps, le commandant adopta un ton menaçant :

– C'est entendu, vous n'écoutez pas aux portes. Mais il va quand même falloir me raconter ce que vous savez. Les conversations, les disputes que vous avez pu surprendre... Pensez-y bien, Madame Maheu, si vous refusez de coopérer je vais être obligé de vous placer en garde à vue le temps que la mémoire vous revienne.

Louise s'affola. Et son mari qui l'attendait chez elle, qui n'aurait personne pour s'occuper de lui, lui faire à manger si elle ne rentrait pas à l'heure habituelle !...

– Qu'est-ce que je peux vous dire, murmura-t-elle en détournant les yeux comme si elle avait honte de ce qu'on l'obligeait à faire, des conversations, il y en a beaucoup dans une famille...

Le commandant eut soudain l'impression qu'elle pensait à quelque chose de précis mais craignait des ennuis avec ses employeurs si elle parlait :

– Allons, Madame Maheu, un petit effort... Ce que vous me direz ne sortira pas d'ici, vous avez ma parole, mentit-il avec aplomb.

– Eh bien, commença-t-elle, toujours sans regarder le policier en face, il y avait bien un sujet qui revenait

68

depuis un moment… Un sujet qui occasionnait beaucoup de discussions…

– Des discussions entre qui ?

– Entre Madame Béatrice et Monsieur… Des fois même, ça criait, il y avait des éclats de voix, c'était difficile de pas entendre.

– Ils se disputaient à quel sujet ?

– Au sujet de l'argent.

– De l'argent ? feignit de s'étonner Lemay. Pourtant, l'argent ne devait pas manquer dans cette maison…

– Je sais pas. C'était l'argent… Et il y avait aussi beaucoup de discussions là-dessus entre Monsieur et Albin. Eux, ils se disputaient pas mais c'était un sujet qui revenait souvent…

– Et ça avait commencé quand ces discussions à propos de l'argent ?

– Oh, ça faisait à peu près un an qu'ils en parlaient… Oui, c'était au printemps de l'année dernière que Monsieur Victor avait fait part de ses intentions à son fils…

– Quelles intentions ?

Louise hésitait, comme si elle pressentait la gravité de ce qu'elle allait dire, le poids du mot qu'elle s'apprêtait à prononcer devant le policier et ses conséquences pour la suite de l'enquête et pour la famille.

– Alors ? s'impatienta le commandant.

– Eh bien, c'était au sujet de l'héritage.

– L'héritage ?

– L'héritage de Monsieur. Depuis que Monsieur avait eu son infarctus, il pensait à sa succession, c'est naturel. Et il en parlait avec Albin. Oui, je les ai entendus plusieurs fois, ils ont eu plusieurs conversations là-dessus.

– Qu'est-ce qu'ils se disaient ?

– Ça, je sais pas exactement. Mais d'après ce que j'entendais – par hasard, hein, j'écoutais pas exprès – je comprenais bien qu'il s'agissait de l'héritage de Monsieur.

Le grand mot était lâché : l'héritage. Le commandant posa les deux mains à plat sur son bureau et, se reculant contre le dossier de son siège, il respira profondément : enfin il tenait un mobile ! L'origine de tant d'affaires dans l'histoire de la police, de tant de crimes sanglants commis dans les familles depuis le commencement de l'humanité... Il avait à présent une piste à suivre et qui, avec un peu de chance, allait le mener à la vérité.

Il continua d'interroger Louise un moment, espérant lui faire préciser quelque chose, une réaction d'impatience du père, une phrase menaçante proférée par le fils, mais sans succès.

– Merci, Madame Maheu, conclut-il enfin, ce sera tout pour aujourd'hui. Vous pouvez partir. Mais repensez bien à tout ça et s'il vous revient un souvenir, même un fait qui aurait pu vous paraître insignifiant sur l'instant, n'hésitez pas à m'appeler. Dans une affaire d'assassinat, le moindre détail peut être décisif.

Louise Maheu se leva, referma son manteau et se dirigea d'un pas résolu vers la porte. Mais arrivée là, la main sur la poignée, elle se retourna, montrant à Lemay un visage perplexe :

– Alors, Monsieur le commandant, vous n'y croyez pas, vous, à un crime de rôdeur ?

– Pas une seconde.

Chapitre 3

Par la vitre du taxi qui la conduisait à son hôtel, Hélène Fallois observait la rue, le trafic dense et ralenti des voitures, les visages résignés des conducteurs au volant, les piétons qui avançaient d'un pas pressé sur les trottoirs (c'est bien les Parisiens, songeait-elle, amusée, toujours en train de courir), et le ruissellement des lumières qui commençaient à s'allumer un peu partout en cette fin d'après-midi de février plutôt sombre.

Quinze jours s'étaient écoulés depuis la mort de Béatrice Desachy et l'enquête piétinait. A défaut d'informations intéressantes, la feuille locale de Varrèdes délayait le peu qu'elle savait, brodant du mieux qu'elle pouvait, et Hélène en faisait autant au *Progrès*. Mais elle en était à son troisième article sur l'affaire et ne savait plus quoi raconter de sorte qu'elle avait convaincu son rédacteur en chef de la laisser monter à Paris (après tout, puisque la police n'arrivait à rien à Varrèdes, c'était peut-être à Paris que se trouvait la solution de l'énigme), ce qui lui permettrait tout au moins de récolter des éléments nouveaux pour alimenter son prochain article.

Son taxi la déposa devant le Madison, un hôtel confortable situé au cœur de Saint-Germain-des-Prés où elle descendait quand elle était envoyée par son journal. Elle jeta un coup d'œil à sa montre : elle n'avait que le temps de se rafraîchir. Ensuite elle irait prendre un Martini aux « Deux Magots », puis elle se chercherait un restaurant agréable – c'était les bons côtés du métier. La solitude ne lui faisait pas peur, au contraire. Elle dînerait tranquillement en pensant à son enquête, après quoi elle rentrerait à l'hôtel et s'endormirait de bonne heure. La journée du lendemain promettait d'être longue.

Le lendemain matin, Hélène alla se poster à l'arrêt d'autobus. Elle avait déjà fait la pénible expérience des embouteillages parisiens – ces « bouchons » qui n'avaient rien à voir avec les sympathiques bistrots lyonnais du même nom –, ainsi que des explorations sans fin à la recherche d'une place où se garer, et elle avait définitivement renoncé à se rendre à Paris en voiture. Même à Lyon, il lui arrivait de plus en plus souvent de laisser sa Clio au garage et d'emprunter un bus ou un tramway.

Elle descendit place de l'Alma et remonta l'avenue Marceau jusqu'au numéro 41. C'était l'adresse indiquée par l'ancienne secrétaire d'Albin, celle de l'immeuble où les Desachy possédaient un appartement. D'après Stéphanie Guillemain, Béatrice y venait au moins deux fois par an et elle y demeurait quelques jours. En y repensant, la journaliste s'était dit qu'elle ne devait pas passer ses soirées parisiennes toute seule, c'était tout à fait improbable. Dans la capitale, Béatrice rencontrait certainement du monde, et justement la maman d'Hélène lui avait appris qu'elle y était venue peu avant Noël, c'est-à-dire quelques semaines avant son assassinat.

On était un mardi et le code de la porte de la rue était désactivé, il suffisait d'appuyer sur la sonnette pour pénétrer dans l'entrée mais on se retrouvait aussitôt

72

devant une autre porte, une double porte vitrée équipée d'un interphone. Hélène repéra le nom « Desachy » et sonna à tout hasard, sans obtenir de réponse. Comme elle s'y attendait, l'appartement était inoccupé. C'était l'un de ces nombreux appartements des beaux quartiers parisiens, propriétés de provinciaux fortunés et qui restaient vides la plupart du temps.

Elle ressortit et fit quelques pas indécis sur le trottoir, hésitant sur le chemin à prendre. Elle avait tanné son rédacteur en chef pendant trois jours pour qu'il l'envoie faire sa propre enquête à Paris, et maintenant qu'elle était là, elle ne savait pas par quel bout commencer.

Avec son portable, elle prit une photo de l'immeuble. Puis elle en prit une autre de la perspective de l'avenue, avec l'Arc de Triomphe qui se profilait tout au bout. Elle ne voyait pas quoi faire d'autre : les appartements étant protégés par l'interphone, il n'y avait pas de gardien avec lequel elle aurait pu échanger quelques mots. Machinalement, elle se remit en marche en direction de l'Etoile.

Quelques mètres plus loin, elle remarqua un petit café dans une rue adjacente. Les portes étaient ouvertes. Quelqu'un était occupé à écrire sur une grande ardoise posée à même le trottoir. Malgré le froid, un froid perçant et humide, il y avait aussi trois petites tables formant une minuscule terrasse installée sous des radiateurs, comme on en voyait partout à présent en hiver, à cause de l'interdiction de fumer dans les lieux publics. « Plat du jour : Andouillettes pommes sautées », lut Hélène en s'approchant. Ils proposaient aussi des assiettes de charcuterie et des assortiments de fromages.

Hélène entra dans une petite salle meublée d'une dizaine de tables recouvertes de toile cirée à carreaux rouges et blancs, sur lesquelles le couvert était déjà mis. Des bouteilles de vin étaient alignées sur la moitié des étagères du comptoir, un tonnelet de bois verni trônait à l'angle du zinc. L'une des étagères présentait une extraordinaire collection de tire-bouchons, qui en disait long sur l'intérêt que les humains porte à l'ouverture des bouteilles et sur leur capacité d'invention dans ce domaine. C'est d'ailleurs ainsi que se nommait l'établissement, un de ces bistrots dits « bar à vins » où des employés du quartier venaient à midi se restaurer sur le pouce : *Le Tire-bouchon.*

En voyant Hélène franchir le seuil, le barman, en train d'astiquer son comptoir, l'accueillit d'un charmant : « C'est fermé ! prononcé d'un ton rogue. On ouvre à onze heures trente. »

– Je viens pour un renseignement, dit Hélène en avançant tout de même jusqu'à lui.

– Qu'est-ce que vous voulez ? demanda l'autre sans cesser de s'activer. Si c'est pour du travail, on cherche personne. On a tout le monde qu'il nous faut.

Craignant de le décourager si elle se présentait pour ce qu'elle était, une journaliste enquêtant sur un assassinat, elle annonça :

– Je suis détective privé. J'appartiens à un cabinet de Lyon. Nous sommes à la recherche d'une personne disparue. Une dame lyonnaise qui vient souvent à Paris et qui possède un appartement avenue Marceau.

– Elle s'appelle comment ?

– Béatrice Desachy. Sa famille est sans nouvelles depuis plusieurs jours.

A cet instant, Hélène eut peur qu'il ne lui réclame une photo de la personne qu'elle cherchait – elle n'en possédait pas, bien entendu – mais par chance il n'y pensa pas.

– Desachy, ça me dit quelque chose…

– Une belle femme dans la trentaine, très chic. Son appartement est tout près. Elle venait peut-être chez vous de temps à autre.

– Oui, fit le barman, je vois qui c'est, ça me revient maintenant. Une grande avec des yeux bleus. Elle venait parfois vers midi grignoter quelque chose. Mais ça fait un moment que je l'ai pas vue. La dernière fois, je crois que c'était vers la mi-décembre.

– Elle venait seule ?

– Oui, tiens, c'est vrai, elle n'était jamais accompagnée. Une jolie femme comme ça. Mais c'était à midi, hein, je sais pas ce qu'elle faisait le soir. Maintenant, vous m'excuserez, je suis occupé... J'ai pas le temps de discuter.

Il tourna le dos à sa visiteuse et se dirigea vers la cuisine.

– Sa famille est inquiète, mentit encore Hélène, espérant l'attendrir. Son mari et son fils. Elle a un petit garçon de neuf ans et sa maman a disparu depuis plusieurs jours...

Le barman consentit à se retourner :

– Ecoutez, allez plutôt voir au *Confidential*, rue de Bassano. Je crois qu'elle y allait de temps en temps. Il me semble bien qu'elle m'en avait parlé, une fois. C'est à deux pas d'ici, une petite rue entre l'avenue Marceau et les Champs-Elysées. Eux, ils pourront peut-être vous aider. Mais c'est un bar de nuit, ils n'ouvrent pas avant cinq heures.

Il y a des similitudes entre les métiers de journaliste, de flic, de détective : il leur faut souvent guetter, attendre le moment favorable, « planquer », comme disent les policiers. Une seconde, Hélène pensa faire un tour aux Champs-Elysées, l'inévitable partie de lèche-vitrines de haut en bas et de bas en haut en changeant de trottoir qu'elle ne manquait jamais de faire quand elle venait à Paris pour se distraire. Mais elle renonça. Plutôt que de continuer à piétiner dans le froid, mieux valait rentrer à l'hôtel.

75

Au début de l'après-midi, elle ressortit, s'acheta un sandwich et entra dans une salle de cinéma pour passer le temps. C'était une reprise de *La Femme infidèle*, un bon film policier de Claude Chabrol qu'elle avait déjà vu dans un ciné-club de Lyon et qu'elle revit avec plaisir. En sortant de là, elle alla boire un thé aux Deux Magots, tuant encore ainsi une petite demi-heure.

A cinq heures vingt, de retour dans le quartier de l'Etoile, elle entrait au *Confidential*, rue de Bassano. Dehors, il faisait encore jour mais l'intérieur, dépourvu de fenêtres, était plongé dans une demi-obscurité ponctuée par les lumières de petits abat-jour disposés sur des tables basses. Une dizaine de clients – des couples, pour ce qu'elle pouvait en apercevoir – s'y trouvaient déjà, enfoncés dans de profonds fauteuils de cuir, sans qu'il soit possible de distinguer leurs visages. Hélène se demanda une seconde où elle mettait les pieds. Un bar interlope ? Peut-être même une boîte échangiste ? Elle n'était jamais allée dans ce genre d'endroit, pas même en reportage, mais elle en avait vu quelques exemples au cinéma. Avec un nom pareil, *Le Confidential*, on pouvait s'attendre à tout. L'accès à la salle se faisait par un couloir tendu de velours prune et doté d'un vestiaire. Hélène remit son manteau à la préposée, se réservant de lui parler plus tard, puis elle se dirigea d'un pas ferme vers le bar, tout illuminé de l'éclat d'une rampe lumineuse qui faisait scintiller les verres et les bouteilles.
Un barman stylé s'affairait derrière son comptoir. Dans l'intention de l'interroger, Hélène alla directement vers lui. Mais la voyant prête à se hisser sur un tabouret, le barman fit le tour du comptoir et la conduisit, avec des égards mais avec autorité, jusqu'à une table. Hélène comprit le message : on n'acceptait pas les femmes seules au bar. En somme, c'était plutôt bon signe, ça voulait dire que l'endroit était convenable. D'ailleurs elle

76

avait déjà constaté qu'il n'y régnait pas cette familiarité équivoque entre clients habitués, cette connivence égrillarde des clubs échangistes ou des bars « montants » employant des prostituées. On avait plutôt l'impression d'un endroit discret où venaient se réfugier des couples illégitimes. Leurs visages se fondaient dans l'ombre, une douce musique d'ambiance couvrait leurs chuchotements.

– Vous connaissez Madame Béatrice Desachy ? demanda-t-elle tout à trac quand le barman lui apporta le gin-fizz qu'elle avait commandé.

L'autre secoua négativement la tête en affichant un sourire faussement navré. Une réponse muette qui signifiait à la fois qu'il ne connaissait pas la personne en question et que de toute façon il ne donnait jamais de renseignement sur ses clients.

Hélène insista, lui servant sa petite histoire de femme disparue qu'elle était chargée de retrouver, sans plus de résultat. Le barman esquiva poliment : il ne connaissait pas ses clients par leur nom, ignorait tout de leurs allées et venues. Un modèle de discrétion professionnelle, cet homme.

Elle eut plus de chance avec la jeune femme du vestiaire. En reprenant son manteau, un billet de cinquante euros très tentant à la main, mais sans le lâcher encore, elle lui dit à voix assez basse pour n'être pas entendue du barman :

– Je suis détective et je recherche une nommée Béatrice Desachy… Ce nom vous dit quelque chose ?

L'autre fit oui de la tête.

– Elle est cliente, ici, n'est-ce pas ? Elle ne vient pas seule, je suppose, elle est sûrement accompagnée ?

Nouvelle inclinaison affirmative et silencieuse.

– Et vous connaissez le nom du monsieur ?

– … Je n'en suis pas sûre, chuchota enfin la jeune femme. Il me semble que c'était un nom étranger,

77

espagnol ou sud-américain... peut-être Da Silva, quelque chose comme ça. Madame Desachy m'avait chargée de lui transmettre une lettre, une fois. Son prénom, je m'en souviens très bien, c'est Manuel. Un grand brun, très beau garçon.

– C'est tout ce que vous pouvez me dire ? fit Hélène l'air déçue et tenant toujours son billet serré entre ses doigts.

– Allez voir au *Plazza Athénée*, avenue Montaigne. Je crois qu'elle descendait là de temps en temps quand elle était à Paris. A l'hôtel, ils doivent la connaître. Et son ami aussi.

– Merci, dit Hélène en lui mettant le billet dans la main.

Que Béatrice eût un amant, et peut-être plusieurs, qu'elle s'accordât de petites aventures quand elle se trouvait loin de Varrèdes, à l'abri des regards et des ragots, n'avait rien d'étonnant. Ça devait mettre un peu de piment à ses escapades parisiennes et la changer agréablement de son vieux mari. Ce qui surprenait Hélène, c'était qu'elle n'habitait pas l'appartement de l'avenue Marceau quand elle se rendait à Paris. Aller vivre à l'hôtel quand on dispose d'un grand appartement dans un des plus beaux quartiers de la ville, c'est tout de même bizarre. Et son époux, Victor Desachy, était-il au courant ?

Elle consulta sa montre : six heures moins dix. Trop tôt si l'on voulait avoir une chance de rencontrer quelqu'un au bar du Plazza. Mieux valait arriver à l'heure de l'apéritif quand l'endroit s'animait. En attendant, elle décida de s'offrir une séance chez le coiffeur. Elle avait repéré une enseigne connue en passant sur les Champs-Elysées. Ce serait une bonne façon de passer le temps. Et pour se présenter dans l'hôtel cinq étoiles de l'avenue la plus élégante de Paris être parfaitement coiffée lui donnerait de l'assurance.

A sept heures vingt, son charmant visage auréolé d'une chevelure lisse et brillante, à peine gonflée par un brushing habile et qui bougeait d'un mouvement naturel à chacun de ses pas, Hélène franchit la porte du Plazza Athénée entre deux portiers au garde-à-vous. Sitôt le seuil passé, on comprenait qu'on entrait dans un autre univers. Hélène était journaliste, elle possédait une carte de presse et avait déjà eu l'occasion de pénétrer dans des lieux bien plus exclusifs, beaucoup moins accessibles qu'un grand hôtel parisien. Elle fut tout de même impressionnée. Pas tellement par la richesse du mobilier : la conciergerie d'acajou, les tentures somptueuses des hautes fenêtres, les sièges de cuir discrètement répartis par petits groupes dans le hall immense dallé de marbre. Ce qui vous saisissait plutôt en entrant, c'était une atmosphère très particulière. Le délicat parfum qui flottait dans l'air, la chaleur douce, un environnement à la fois calme et actif où le personnel se déplaçait avec une efficacité souriante et silencieuse. Une impression de vrai luxe, un luxe qui semblait aller de soi pour ceux qui vivaient là, nullement ostentatoire (à l'exception peut-être de la malle de crocodile qu'un groom, sous la surveillance attentive de son propriétaire, était en train de charger sur le porte-bagages et dont le prix représentait bien cinq années de son salaire). En se dirigeant vers le bar, Hélène croisa une femme portant avec détachement une robe simplissime qu'on devinait sortie de chez un grand couturier. Oui, un tout autre monde.

Au bar, changement d'ambiance. Une foule turbulente et branchée se pressait le long d'un étonnant comptoir lumineux. Aucun rapport avec l'établissement discret de la rue de Bassano. Rien de « confidentiel » dans ce lieu où, à l'évidence, les gens venaient pour voir et être vus. Et se faire entendre aussi, à en juger par le brouhaha qui régnait.

Hélène s'installa dans la partie salon, plus tranquille. « Je cherche Manuel, dit-elle d'emblée au serveur après qu'il eût pris sa commande, j'ai quelque chose d'important à lui dire au sujet de Béatrice Desachy. » – « Un instant ». Hélène le vit se diriger vers le bar et dire quelques mots à un homme de haute stature au milieu d'un groupe.

Et presque aussitôt l'ami de Béatrice fut devant elle. Elle leva les yeux sur lui, abasourdie. Il était incroyablement beau, les cheveux très noirs, le teint mat. Ses yeux tirés d'indien, très lumineux – un éclair vert – étaient posés sur elle avec une expression interrogative et amusée. Il avait un fin sourire, à la fois inquiétant et extraordinairement séduisant. Hélène ne put s'empêcher de penser que Béatrice Desachy avait bon goût. Ce type était absolument renversant, électrisant. Un charisme de star hollywoodienne. Le clone de Benicio del Toro, en fait. Le fascinant Che Guevara, de Soderbergh, le Lado de *Savages*, d'Oliver Stone…

– Vous désirez me parler ? demanda-t-il dans un français aisé quoique avec une pointe d'accent difficile à situer.

Amérindien, pensa-t-elle, ou peut-être italo-américain. Debout devant elle, il la contemplait du haut de son mètre quatre-vingt-cinq, l'air de se demander ce que pouvait bien lui vouloir cette jeune femme insignifiante, habillée sans recherche, d'allure un peu « province ». Hélène se félicita intérieurement d'être allée chez le coiffeur. Après une seconde de sidération (espérant qu'elle n'en était pas restée la bouche ouverte, comme si elle le voyait apparaître pour la première fois sur un écran de cinéma), elle se reprit.

– Je suis journaliste, déclara-t-elle en l'invitant d'un geste à prendre le siège en face d'elle, envoyée par le *Progrès de Lyon*, J'ai quelque chose de grave à vous dire au sujet de Madame Desachy.

80

L'homme assis, elle marqua un silence. Son intention était de lui annoncer brutalement la vérité afin de surprendre sa réaction. Et alors il y avait deux possibilités : ou bien il serait sincèrement surpris, ou bien il jouerait plus ou moins bien la comédie, et dans ce dernier cas ce serait la preuve qu'il était déjà au courant et donc qu'il n'était pas étranger à l'affaire.

– Béatrice Desachy a été assassinée, dit-elle en scrutant son visage.

Elle en fut pour ses frais. L'homme cligna des paupières, un léger frémissement parcourut ses traits, mais il demeura impassible. Une impassibilité de chef sioux. Le comportement d'un type habitué à se contrôler, indéchiffrable.

– Mon dieu, murmura-t-il seulement.

Hélène avait au moins appris que Béatrice ne représentait rien pour lui. Qu'il n'en avait jamais été amoureux et n'éprouvait même pas pour elle de véritables sentiments amicaux. Autrement il n'aurait pas pu conserver une aussi parfaite maîtrise, il aurait forcément réagi d'une manière ou d'une autre.

– Qu'est-ce qui s'est passé ?

– Elle a été tuée à son domicile. Étouffée par un bâillon. On pense à un cambriolage.

– Pauvre femme…

– Vous la connaissiez bien ?

– Assez bien, mais pas depuis longtemps. Nous nous sommes rencontrés en décembre, peu avant les fêtes.

– Où ça ?

– Ici même. Elle avait une chambre à l'hôtel.

– Elle était votre maîtresse ?

– Je suis obligé de répondre ?

– Bien sûr que non, fit-elle en le regardant droit dans les yeux et en lui adressant son plus encourageant sourire. Mais si vous étiez assez liés pour qu'elle se

81

confie à vous, ça pourrait aider à faire la lumière sur son assassinat.

L'homme hésitait et il était facile de deviner à quoi il pensait : si une journaliste avait trouvé le moyen d'arriver jusqu'à lui, la police n'allait pas tarder à se montrer à son tour. Après réflexion, il prit le parti de faire preuve de bonne volonté en tâchant de mettre la jeune reporter de son côté. Il avait toujours su s'y prendre avec les femmes. Il n'en avait pas connu beaucoup qui soient capables de résister à son charme :

— Nous sommes sortis ensemble pendant quelques jours.

— Elle ne vous a jamais parlé de gens qu'elle aurait pu rencontrer, avec lesquels elle aurait été en conflit ou qui l'auraient menacée ?

— Non, je ne me rappelle rien de ce genre. D'ailleurs, elle ne devait pas rencontrer grand monde ici. Elle était lyonnaise et ne connaissait à peu près personne à Paris.

— C'est vous qui lui teniez compagnie, alors ? Vous passiez vos journées avec elle ?

— Dans la journée, je suis occupé, précisa l'homme un peu sèchement. Je travaille au département Relations publiques de la société Vuitton. Nous nous voyions le soir.

Donc, pas un gigolo, en conclut Hélène. Plutôt un play-boy. Un play-boy d'une quarantaine d'années avec une profession. Mais alors la classe internationale, jet-set et tout et tout.

— Quand vous n'étiez pas là, à quoi occupait-elle ses journées ?

— A faire des emplettes, à ses soins de beauté. Il y a un spa très bien à l'hôtel. Elle faisait ce que font toutes les provinciales qui montent à Paris pour aller au spectacle ou renouveler leur garde-robe.

Hélène pensa que pour être si bien informé il avait dû en fréquenter pas mal de ces femmes de province riches et désœuvrées.

– Vous m'avez dit qu'elle habitait ici, au Plazza ?

– Oui, vous voulez le numéro de la chambre ?

Hélène continua sans relever l'ironie :

– Saviez-vous qu'elle possédait un appartement tout près d'ici, avenue Marceau ?

– Elle m'en avait vaguement parlé.

– Ça ne vous avait pas étonné qu'elle vive à l'hôtel alors qu'elle disposait d'un appart juste à côté ?

Cette réflexion de petite bourgeoise économe amena un sourire légèrement condescendant sur le visage de son interlocuteur :

– Oh, pas du tout. La vie d'hôtel est bien plus amusante.

– Son mari était au courant ?

– Je suppose. A la réflexion oui, il me semble me rappeler que la réception lui avait passé deux ou trois fois un appel de son époux sur la ligne fixe.

Il alluma une cigarette et Hélène espéra un instant qu'il partirait en laissant son mégot dans le cendrier. Elle l'emporterait. Ça ferait une source d'ADN, un élément de comparaison en cas de besoin. Mais c'était juste une idée en l'air et qui au fond n'avait pas beaucoup de sens : s'il était pour quelque chose dans la mort de Béatrice, ce n'était sûrement pas lui qui s'était chargé de l'exécution. Même quand ils évoluent dans les hautes sphères, ces types un peu équivoques ont des relations dans tous les milieux et il n'aurait pas eu de mal à engager quelqu'un pour agir à sa place. Les chances de retrouver son ADN sur la scène de crime étaient à peu près nulles. En outre, il devait s'être fabriqué un alibi en béton.

Hélène prit une cigarette à son tour, qu'il alluma aussitôt d'un geste élégant. Elle en tira une longue bouffée pour se donner une contenance. Elle avait du mal

83

à détourner les yeux du visage qui était devant elle. Comme la plupart des gens, elle était attirée par la beauté, et partageait l'illusion que la beauté va avec la bonté. Comment un être aussi beau pourrait-il faire le mal ? D'un autre côté, en dix ans de journalisme, elle avait appris que les gigolos, les play-boys sont régulièrement mêlés à des vols de bijoux, qu'ils soient simplement complices et se soient contentés de donner des informations à des voyous ou qu'ils aient agi pour leur propre compte. Se pourrait-il que l'homme magnifique qui était là, tout près d'elle, ait été le commanditaire du cambriolage qui avait coûté la vie à Béatrice Desachy ? (Un cambriolage raté, d'ailleurs, puisque Hélène avait appris par *La Dépêche* que les bijoux de valeur, gardés dans un coffre, n'avaient pas été dérobés.) Et même si c'était le cas, en admettant qu'il en ait été l'instigateur, pourquoi faire assassiner son amie ? Craignait-il qu'elle ne se remémore leur rencontre et parle de lui à la police ?

Tout cela n'était que suppositions, Hélène en était consciente, mais, en jeune reporter qui espérait bien devenir un jour une journaliste d'investigation reconnue, elle avait l'habitude d'appliquer le principe qui commande de tout envisager.

– Madame Desachy ne vous avait rien dit qui puisse avoir un rapport avec sa mort ? reprit-elle. Elle ne vous a jamais fait de confidences à propos d'une chose qui aurait pu l'inquiéter ?

– Franchement, non. Je l'ai toujours vue de bonne humeur. Elle semblait heureuse de s'échapper quelques jours de sa petite ville. J'imagine qu'elle n'y menait pas une existence très brillante.

Hélène sourit :

– On voit que vous ne connaissez pas la province. On s'y amuse autant qu'à Paris.

– Oui, oui, bien sûr, fit-il, conciliant.

84

Ils n'avaient plus grand-chose à se dire, mais lui ne faisait pas mine de partir.

– Comment m'avez-vous trouvé ? demanda-t-il enfin.

– Par sa meilleure amie, improvisa vivement Hélène. Elle lui avait parlé de vous.

– Vous connaissez mon nom, alors ?

– Da Silva, c'est ça ? Manuel Da Silva ?

– Alors vous allez parler de moi dans votre journal ? fit-il, l'air soudain préoccupé. – Évidemment, même s'il n'était pour rien dans l'assassinat de son amie, c'est toujours ennuyeux de voir son patronyme associé à une affaire criminelle...

– Je ne sais pas encore, répondit Hélène. Mais soyez tranquille, votre nom ne sera pas cité. Au plus, vous serez Monsieur M. Ça vous va ?

– Est-ce que j'ai le choix, fit-il. Au revoir, Mademoiselle.

Il se leva et quitta la table en s'emparant de la cigarette inachevée qui attendait au bord du cendrier et dont il n'avait pas tiré trois bouffées. Hélène le vit s'éloigner avec regret. Lui parti, elle éprouva comme un sentiment d'abandon, bref mais vif. L'impression d'être expulsée d'un cercle magique, renvoyée d'un seul coup à la vie ordinaire.

Si ce type fantastique l'avait invitée à dîner (si...), elle savait tout au fond d'elle-même qu'elle aurait accepté. Elle n'aurait pas eu la force de dire non au sosie de Benicio del Toro. Coupable ou pas, elle l'aurait suivi n'importe où et il aurait fait d'elle ce qu'il aurait voulu. Mais ne rêvons pas, un homme comme lui n'allait pas perdre son temps avec une petite journaliste de province. Il devait avoir mille choses plus intéressantes à faire... Tant pis ou tant mieux. Ce type vous attirait comme un aimant. Mieux valait ne pas s'en approcher de trop près ou l'on risquait de ne plus pouvoir s'en détacher.

85

N'empêche, Hélène se souviendrait longtemps de l'extraordinaire regard posé sur elle, magnétique et dangereux.

Avant de prononcer le premier mot, le commandant Lemay considéra l'homme assis devant lui et retint un soupir de satisfaction. Après la révélation par Louise Maheu des disputes qu'il avait eues avec son épouse à propos de son héritage, Lemay était impatient d'entendre Victor Desachy, son témoin numéro un : le mari de la victime.

Il n'était que onze heures du matin, mais Desachy était déjà vêtu d'une chemise crème à col empesé et d'une cravate, assorties à un costume prince de galles dans les tons bruns. Il était rasé de près, ce qui lui restait de cheveux était discipliné de manière à recouvrir autant que possible son crâne dégarni et il fleurait un léger parfum de lavande anglaise. Visiblement, en dépit ou à cause de ses soixante-dix ans, l'homme prenait grand soin de son apparence. Depuis le début de son enquête, c'était la troisième fois que Lemay le rencontrait et il l'avait toujours trouvé dans une tenue vestimentaire irréprochable. Une façon comme une autre de lutter contre le temps. Et sans doute, après la maladie qui l'avait frappé d'une manière si soudaine, et malgré la retraite qu'il avait dû se résoudre à prendre, de rappeler au monde qu'il était toujours là, bien vivant et égal à lui-même. Les gens ont si vite fait de vous rayer de la surface de la terre... En tous cas, son infarctus et le pontage qu'il avait subi deux ans plus tôt semblaient loin. Le teint frais, légèrement enveloppé, il avait l'air en pleine forme et, à la vérité, pas particulièrement accablé par la disparition tragique de sa femme, laquelle datait pourtant d'à peine trois semaines. Lemay ne put

86

s'empêcher de penser que ce vieux bonhomme avait la vie chevillée au corps et le cuir épais.

Malgré la figure affable et les bonnes dispositions apparentes de son témoin, estimant qu'il valait mieux ne pas le braquer en abordant directement le cœur du sujet – son héritage –, le commandant choisit une entrée en matière moins épineuse :

– Monsieur, je vous ai prié de venir me voir pour me parler de la victime, votre malheureuse épouse. Nous aimerions savoir qui elle était exactement, quelles étaient ses relations avant votre mariage, à quel milieu social elle appartenait... Pour commencer, racontez-moi dans quelles circonstances vous vous êtes rencontrés.

– A un dîner, chez une amie lyonnaise.

– Il y a combien de temps ?

– C'était en 2004, juin 2004. Son mari s'était tué dans un accident de montagne quelques mois plus tôt. Le pauvre avait été emporté par une avalanche pendant une ascension de la Meije, près du col du Lautaret. Quand mon amie m'a présenté Béatrice, c'était une jeune veuve, mère d'un enfant d'un an à peine...

– L'enfant qui était près de vous à l'enterrement de votre épouse ?

– Vous étiez à l'enterrement ? s'étonna Desachy.

– Au cimetière. Seulement au cimetière. C'était la victime d'un assassinat qu'on enterrait, je vous rappelle. Donc vous avez rencontré votre future femme – la seconde – à Lyon, chez une amie. Le nom de cette amie ?

– Mélanie Doucet. Elle tient un salon de coiffure place Bellecour.

– Mariée ?

– Non, célibataire. Je l'ai toujours vue seule. Et ça fait bien vingt ans que je la connais, c'était une relation de ma première femme.

– Béatrice s'appelait comment à l'époque ?

– Lambert. Elle portait le nom de son mari.

– Et son nom de jeune fille ?

– Perrin, il me semble. C'est ça, Béatrice Perrin.

– Au cimetière, je n'ai pas vu ses parents, personne qui parût appartenir à sa famille… à part la vôtre, bien sûr. Elle était orpheline ?

Desachy fit une grimace dubitative :

– Ma femme était très discrète sur ses parents, sur son milieu d'origine. Au début de notre relation, j'ai bien dû lui poser quelques questions. Mais elle me répondait toujours d'une manière vague. Elle m'a même fait plusieurs réponses contradictoires. Des mensonges, quoi. J'ai vite compris que le sujet l'embarrassait et j'ai cessé de l'interroger là-dessus. Ce qui est certain, c'est qu'elle avait rompu tous les liens avec les siens. Elle ne m'a jamais présenté personne. Je sais seulement qu'elle était fille unique. Pour notre mariage, elle avait dû produire un extrait de naissance à la mairie et chez mon notaire. J'ai également appris qu'elle était née à Meyzieu, à quelques kilomètres de Lyon.

– Son mari, celui qui s'est tué en montagne, quelle était sa profession ?

– Commercial. Il travaillait chez un distributeur en électro-ménager. Mon amie, Mélanie Doucet, le connaissait bien, lui aussi. Je crois qu'elle les avait rencontrés tous les deux aux sports d'hiver. Ils avaient sympathisé.

– Alors, après l'accident, Madame Doucet vous a présenté cette jeune veuve ?

– Ça doit être ça, sourit Desachy. J'avais moi-même perdu ma femme deux ans plus tôt. En nous invitant ensemble, Mélanie, qui est une personne de cœur, avait peut-être une idée derrière la tête…

– Elle essayait de vous recaser ?

– C'est bien possible. A la mort de son mari, Béatrice s'était trouvée dans une situation difficile. Elle n'avait jamais travaillé, ou alors, avant son premier mariage, pour de courtes périodes, comme vendeuse dans des magasins de mode, c'est du moins ce qu'elle m'a raconté. Là-dessus aussi, sur ses occupations avant son premier mariage, elle était très floue, très évasive. J'ai su plus tard que son mari avait une assurance-vie pas très élevée et que c'était de ça qu'elle vivait depuis qu'elle était seule avec son petit garçon. Mais l'argent de l'assurance fondait et elle était inquiète. Elle ne savait pas ce qu'elle allait faire ensuite, quand elle n'en aurait plus du tout.

– Alors, observa Lemay, votre amie a réussi son coup, la jeune femme qu'elle vous a présentée vous a plu ?

– Elle était très belle, très bien habillée, expliqua Victor. Et elle avait une voix douce et de bonnes manières. Elle m'a bien plu, je dois le reconnaître. Pas un coup de foudre, non, mais elle ne m'a pas laissé indifférent. Pendant tout le dîner, nous étions huit à table, elle s'est montrée charmante avec moi, et j'ai eu l'impression que je ne lui déplaisais pas, moi non plus...

Tiens pardi, pensa crûment Lemay, la jeune veuve fauchée n'allait pas se montrer désagréable avec un homme riche et libre, tout trouvé pour la tirer d'affaire. Mais il garda ses réflexions pour lui.

– ... quoique à l'époque, continuait Desachy, j'étais à cent lieues de penser à me remarier.

– Donc, résuma le commandant, quand vous avez finalement épousé cette jeune femme, vous ne connaissiez pas grand-chose de son passé ?

– C'est vrai. Mais elle n'avait que trente et un ans quand je l'ai connue et elle n'en avait que vingt-huit à son premier mariage. Il n'était pas bien long, son passé, et il ne pouvait pas être bien lourd...

– Oh, répliqua Lemay d'un ton averti – et, averti, son métier lui permettait de l'être –, il peut se produire beaucoup de choses dans la vie d'une femme, mettons, entre quinze et vingt-huit ans. Et c'est précisément à cette partie de sa vie que nous nous intéressons. Nous avons complètement éliminé la possibilité d'un crime de rôdeur. En fait, l'idée d'un voleur d'occasion qui prendrait le temps d'enrouler quatre fois une bande adhésive autour de la tête de sa victime en bouchant méthodiquement ses narines nous paraît totalement invraisemblable. Cette hypothèse a même fait rire le légiste à l'institut médico-légal. Il n'avait de sa vie vu un bâillon posé avec tant de soin...

– Un rôdeur, c'était pourtant l'explication qui s'imposait. Nous possédons plusieurs propriétés en France, des résidences de vacances principalement, qui restent donc inoccupées la plupart du temps et qui sont régulièrement cambriolées. En fait, nous nous ruinons en primes d'assurance. La dernière fois, c'était en octobre à Megève. Notre chalet a été mis à sac...

– Vous y aviez laissé des objets de valeur ? demanda le commandant, surpris.

– Même pas. Ils ont pris ce qu'ils ont trouvé : des postes de télé, un ordinateur, des skis, les appareils de la cuisine ont été déménagés en totalité. Une vraie razzia. Ils ont aussi vidé les placards de ma femme. Des vêtements d'hiver qu'elle avait l'habitude de laisser là, dont un manteau de fourrure, un renard de Sibérie qu'elle ne portait qu'à la montagne... Alors, naturellement, quand nous avons appris ce qui s'était passé chez moi et la mort de ma pauvre Béa, la première chose qui nous est venue à l'esprit à mon fils et à moi, ce qui nous paraissait le plus évident, c'était qu'il s'agissait d'un crime de rôdeur, d'un cambriolage qui aurait mal tourné. – Desachy réfléchit un instant et conclut : Mais si la police élimine cette hypothèse, qu'est-ce qui reste ? Vous, commandant, vous pensez à quoi ?

– Je vais vous le dire. Nous en arrivons à nous demander si quelqu'un que votre femme aurait connu dans sa jeunesse, ayant appris d'une manière ou d'une autre qu'elle avait épousé un homme fortuné, ne se serait pas manifesté pour la faire chanter en la menaçant de vous révéler certaines choses de son passé, disons une période de sa vie pas très reluisante où elle aurait eu de mauvaises fréquentations, vous voyez ? Il se pourrait alors qu'elle ait refusé de céder au chantage...

– Elle n'avait pas d'argent à elle, fit remarquer Desachy. Elle n'aurait pas pu disposer d'une somme importante sans m'en parler.

– Et par conséquent, au lieu d'aller la dénoncer, ce qui ne lui aurait rien rapporté, son maître-chanteur aurait pris le parti de la voler, en s'arrangeant pour l'étouffer afin d'éviter qu'elle le reconnaisse plus tard et témoigne contre lui.

Victor Desachy s'absorba un instant dans ses pensées. Comme si les paroles du policier lui faisaient entrevoir tout un pan de la vie de sa femme qu'il aurait jusqu'ici ignoré.

– Bien entendu, ce n'est qu'une hypothèse, souligna le commandant. Vous nous laisserez l'ancienne adresse de votre épouse, le quartier où elle habitait quand vous l'avez connue, et aussi celle de votre amie, Mme Doucet. Je vais envoyer un enquêteur faire un tour par là. Nous verrons bien ce qu'il en sortira. – Donc, reprit-il, d'après ce que vous me dites, le petit garçon dont vous teniez la main au cimetière, le fils de Béatrice, n'est pas de vous ?

– Bien sûr que non ! s'écria Desachy, et Lemay comprit qu'il venait d'aborder un sujet délicat, qu'il y avait sans doute eu des discussions dans la famille à ce propos et que son propre fils avait dû s'en inquiéter.

– En vous voyant tous les deux main dans la main dans cette circonstance douloureuse, j'ai eu l'impression que vous étiez très proches.

– J'aime beaucoup Damien, c'est un gentil garçon. Je l'ai connu tout petit, presque bébé. Orphelin de père à un an, vous imaginez… Et mon fils, Albin, n'a pas pu avoir d'enfant. Malheureusement. Il a épousé une femme stérile, comment peut-on prévoir ces choses, hein ? C'est la fatalité, la malchance…

– Cela vous a déçu ?

– Peiné, oui. Beaucoup. Ça m'aurait plu d'avoir des petits-enfants. Une ribambelle de petits enfants. Mais ça n'a pas été possible. Une jeune femme si fraîche, si saine, qui aurait pu supposer…

– C'est une personne d'ici ? Une famille de la région ?

– Pas du tout. Son père, Jacques Hernut, est le directeur de l'hypermarché. Il a été nommé à Varrèdes il y a onze ans par sa société de distribution, le groupe PRIMA. La famille est originaire de la région Centre, ce n'est pas le bout du monde. Hernut est un membre de mon club de chasse, c'est là que je l'ai connu. Mon fils et moi sommes chasseurs, une façon comme une autre de s'aérer, de prendre de l'exercice. Bref, quand Albin a décidé de se marier, nous avons cherché quelqu'un qui…

– Vous avez cherché ? l'interrompit Lemay.

– Oui, je l'ai un peu aidé. Au début, l'idée ne l'emballait pas. Il avait bien tâté le terrain avec deux jeunes filles de notre milieu, mais probablement sans y mettre beaucoup de conviction car elles l'avaient refusé. Vexé, il n'avait pas voulu chercher plus loin. Au fond, Albin ne tenait pas plus que ça à se marier, il se trouvait bien comme il était. J'ai dû lui forcer la main. Il avait dépassé trente ans, c'est tout de même l'âge de fonder une famille. Donc, pour finir je lui ai présenté Odile Hernut, et par chance ils ne se sont pas déplu, ça a marché. Et depuis ils ont l'air de s'entendre assez bien. Mon fils paraît plutôt satisfait de son mariage. En tout

92

cas, je ne l'ai jamais entendu se plaindre de sa femme. S'il n'y avait pas ce problème de stérilité...

– Et vous, qu'est-ce que vous en pensez, de votre bru ?

– Oh, Odile, c'est une belle plante. Pas remarquablement jolie mais solidement bâtie. Elle a fait ses études dans un internat privé où elle a reçu une assez bonne éducation. Ses parents y tenaient, c'est pour ça qu'ils l'avaient mise en pension. Elle rentrait chez elle chaque fin de semaine. Elle a eu son baccalauréat avec mention. A part ça, qu'est-ce que je peux vous dire ? C'est une jeune femme je ne dirai pas ordinaire, mais normale, une jeune femme comme il y en a beaucoup. Quand elle habitait ici, les deux premières années, elle était très gaie, très vive... Il faut reconnaître qu'elle a fait souffler un vent de jeunesse entre nos vieux murs.

– Mais ensuite, quand vous vous êtes remarié et que votre seconde femme est venue s'installer dans la maison, ça s'est gâté ?

– Eh oui, qu'est-ce que vous voulez...

– Il y a eu un problème de déménagement, d'après ce que votre cuisinière m'a raconté ?

– Ah, Louise vous a parlé de ça ? C'est que j'avais donné la chambre de ma première femme, qui était vide depuis son décès, à mon fils et à son épouse. C'était un jeune couple, ils dormaient ensemble, c'est tout naturel. Mais bien sûr quand Béatrice est arrivée, ils ont été obligés de la quitter parce que cette chambre revenait de droit à la nouvelle maîtresse de maison.

– Une très grande chambre avec une magnifique salle de bain, à ce qu'on m'a dit ?

– Ah, j'en aurai entendu parler de cette salle de bain ! Mais si Odile avait bien voulu patienter, nous lui en aurions aménagé une autre ! Ce ne sont pas les pièces vides qui manquent au premier... Que d'histoires pour une salle de bain ! conclut Desachy, avec une parfaite

93

incompréhension de ce que peut ressentir une jeune mariée chassée par une autre femme de la plus belle chambre de l'étage, une chambre équipée d'une salle de bain moderne et spacieuse, pour se retrouver dans une pièce plus petite flanquée d'une salle de bain étroite et démodée.

– En effet, convint tout de même le policier, il devait y avoir autre chose. Des désaccords entre elles deux, une rivalité ?

– Mais qu'est-ce que je peux vous dire, moi, comment voulez-vous que je le sache !... Ce sont des histoires de femmes.

– Finalement, les jeunes mariés sont partis...

– Il n'a pas fallu huit mois. Je les ai installés dans une villa que je possède un peu plus bas dans l'avenue. Mais notre famille est restée très unie. Les enfants vivent tout près et déjeunent chez moi tous les dimanches.

– Vous vous entendiez bien avec votre épouse ?

– Laquelle ? fit Desachy.

– La seconde, Béatrice.

– Ça pouvait aller. Aussi bien que possible entre un homme et une femme qui a trente ans de moins que lui.

– Madame Maheu m'a parlé de disputes entre vous et la victime.

– Quoi, réagit sèchement Desachy, quelles disputes ?

Lemay jugea le moment venu d'en arriver au vif du sujet, la raison principale pour laquelle il avait convoqué et souhaitait entendre l'époux de la victime : ses dispositions testamentaires. Car, bien plus que l'hypothèse qu'il venait de formuler d'une ancienne connaissance de Béatrice, un voyou qui se serait introduit dans la maison pour la voler, l'intuition du commandant lui soufflait que c'était là, dans un différend à propos de son testament que se situait l'origine du drame. Quittant le ton aimable qu'il avait conservé jusque-là, il répliqua par un brutal : « Au sujet de l'argent. »

– Ah oui, l'argent... c'est possible. Il se peut que nous ayons eu quelques discussions là-dessus. Dans quel ménage n'y a-t-il pas de discussions pour l'argent. Les femmes ne sont jamais contentes, toujours insatisfaites. Et la plupart du temps, ce sont elles qui ont gain de cause, n'est-ce pas ? Vous êtes marié, j'imagine ? Vous savez ce que c'est...

– Je suis célibataire, le renseigna froidement Lemay, froissé qu'un homme aussi riche puisse mettre ses problèmes d'argent sur le même plan que les siens. Et je ne vous ai pas convoqué pour parler de ma situation matrimoniale. D'après votre cuisinière, il ne s'agissait pas de simples discussions. A plusieurs reprises, elle a entendu des éclats de voix, des cris...

– Je n'élève jamais la voix, affirma Victor.

– Votre épouse criait...

– Ça lui arrivait, en effet. Souvent pour des raisons futiles, ma chère Béa était un peu nerveuse.

– Cette raison-là n'avait rien de futile. Selon les déclarations de Mme Maheu, il s'agissait de votre héritage.

– Mon héritage ? sursauta Desachy.

– Oui. Je suppose que vous avez fait un testament ?

– En effet. Mais en quoi est-ce que ça vous regarde ?

– Votre cuisinière m'a rapporté que c'est à ce sujet que vous vous disputiez avec la victime.

– Louise se sera trompée.

C'est ça pensa Lemay, toujours la même histoire : la parole d'un monsieur important contre celle d'une cuisinière... Il ne se laissa pas impressionner :

– Je la crois, moi. Madame Maheu m'a fait l'effet d'une personne réfléchie. Elle n'a pas l'air d'une femme qui parle à tort et à travers... surtout dans une circonstance aussi grave.

Ne trouvant rien à répondre, son interlocuteur se contenta d'un rictus énigmatique.

– Moi mon idée, poursuivit Lemay, c'est que ces disputes, enfin ces discussions, appelez-les comme vous voudrez, c'était pour vous faire modifier votre testament

– Comment ça modifier mon testament, dans quel sens ? Qu'est-ce que vous voulez dire ? répliqua adroitement Victor, obligeant ainsi le policier à s'aventurer dans un domaine privé dont il ignorait tout.

Le commandant resta dans le vague :

– Eh bien, en sa faveur…

– Mon testament a été refait après mon accident de santé et tous les membres de ma famille y ont leur juste place.

– Précisément, quelle était la place de Béatrice ?

– Mais, vous le savez bien, c'était mon épouse, éluda Victor.

– Sa place dans votre testament ? s'impatienta le policier

– Est-ce que vous vous rendez compte de la question que vous me posez ? Je dois vous détailler mon testament à présent ? Vous n'êtes pas mon notaire, que je sache ?

– Vous étiez marié avec la victime sous le régime de la séparation de biens, je suppose ?

– Naturellement. Nous procédons toujours ainsi dans nos familles.

– D'autant plus que votre deuxième épouse ne possédait rien.

Victor acquiesça.

– Alors, après votre accident de santé, votre infarctus, cette jeune femme sans fortune a dû commencer à s'inquiéter ?

– J'avais pris des dispositions pour la protéger. Elle était au courant. Il y avait un capital placé à son profit, dont elle aurait eu l'usufruit. Après ma mort, elle aurait bénéficié d'une rente à vie, elle aurait eu ce qu'il lui fallait pour vivre convenablement et élever son fils. Je

96

l'avais mise à l'abri. Et pour Damien, j'avais également prévu un petit quelque chose.

– Un petit quelque chose ?

– Une somme qu'il devait toucher à vingt-cinq ans, après ses études, pour l'aider à démarrer dans la vie.

– Mais, à sa mère, ce que vous aviez prévu pour elle et son fils ne lui suffisait pas ?

Desachy tiqua ; le commandant comprit qu'il avait mis dans le mille.

– Laissez-moi vous aider, continua-t-il sentant qu'il était sur la bonne voie. Béatrice insistait pour avoir une part d'héritage, une somme importante en capital et pas seulement une rente. Et vous, vous n'étiez pas d'accord pour modifier votre testament en ce sens...

Et comme son témoin restait muet :

– ... Qu'est-ce qu'elle voulait au juste ? Allons, Monsieur Desachy, ça ne vous mènera nulle part de me cacher quelque chose. Je ne vous lâcherai pas avant d'avoir obtenu la vérité, et je finirai par la savoir de toute façon.

– Mais où voulez-vous en venir, à la fin ? protesta Victor. Qu'est-ce que mon testament a à voir avec la mort de mon épouse...

– Ça pourrait en être le mobile.

– Allons donc ! fit-il.

Mais il semblait ébranlé. En même temps, l'heure du déjeuner approchait. Lemay le vit lever les yeux sur l'horloge du bureau qui indiquait midi vingt. Victor avait envie de rentrer chez lui et devinait que le policier ne le laisserait pas partir tant qu'il n'aurait pas entendu ce qu'il avait envie d'entendre. Il y avait de la garde à vue dans l'air et il ne se sentait pas de taille à la supporter.

– Et bien, insistait le commandant, que demandait votre épouse, exactement ?

– La moitié de mes biens personnels, soupira enfin Desachy. En incluant le chalet de Megève et ma villa d'Antibes. C'était très excessif comme exigence, mais Béatrice était tenace.

– Et à la fin, vous avez cédé, n'est-ce pas ? Juste pour avoir la paix ? Vous êtes cardiaque, il vous faut vivre dans le calme et l'harmonie ?

– J'en ai d'abord parlé avec mon fils. Nous avons toujours eu des rapports très francs, Albin et moi.

– Et qu'est-ce qu'il en pensait ?

– Il était mécontent.

– Pardi !

– Pardi quoi ?

– Il devait être furieux d'être lésé… Évidemment, une fois sa belle-mère morte, la question ne se posait plus

– Vous n'allez pas soupçonner mon fils, tout de même !

– Monsieur, répondit posément le policier, on ne sait jamais ce qui peut se passer dans l'esprit d'une personne qui s'estime lésée dans un testament. Ça peut aller très loin, ces histoires-là. Il y a des gens que ça rend complètement fous.

– Albin est riche. Il a reçu l'héritage de sa mère, dont une très jolie propriété viticole de la côte de Beaune. Et quand j'ai dû vendre mon entreprise, le produit de la vente a été réparti à parts égales avec lui puisqu'il détenait la moitié des actions.

– Elle a été vendue pour quel prix, votre entreprise ? Vous vous êtes partagés combien avec votre fils ?

– Vingt-trois millions d'euros après impôts.

– Hein ? s'exclama le policier, peu familier des grosses sommes et croyant avoir mal entendu.

– Vingt-trois millions, répéta Victor. Payés cash par un groupe papetier suédois. Il faut dire qu'ils lorgnaient depuis un moment sur VDE. Ça faisait trois ans qu'ils me faisaient des propositions.

– Une belle opération ! apprécia le commandant.

– Quarante ans de travail acharné, souligna Victor d'une voix où se devinait la fierté de ce qu'il avait accompli. Et Albin en a touché très exactement la moitié : onze millions cinq cent mille.

– Vous me dites que votre fils était associé dans votre entreprise ?

– Albin a toujours travaillé à mes côtés, oui.

– C'est un homme jeune, lui. Quand vous avez décidé de prendre votre retraite, il aurait pu continuer, maintenir le cap...

– C'était le bon moment pour vendre. Nous fabriquions des dossiers suspendus, du papier en somme, et le classement informatique avance à grands pas.

– Mais la société scandinave qui vous a racheté, elle la jugeait toujours rentable, votre entreprise, elle devait penser qu'elle avait encore de l'avenir ?

– Oh, eux, ils se sont empressés de boucler le site. Ce qui les intéressait c'était surtout la notoriété de la marque et la clientèle. Mon réseau de clients s'étendait dans toute l'Europe.

– Donc votre entreprise a été vendue pour 23 millions d'euros. Et comme votre acquéreur a fermé l'usine, tout le personnel a été licencié ?

– Nous avons fait les choses très correctement. Beaucoup de mes employés étaient anciens, nous les avons mis à la retraite anticipée. Et nous avons aidé les plus jeunes à se reclasser. En outre, tout le monde a touché une indemnité de licenciement très généreuse. Je n'ai rien à me reprocher là-dessus. Il n'y a pas eu de grève, même pas un petit piquet symbolique. Quelques discussions houleuses au début, mais finalement tout s'est passé dans le calme. – Personne ne m'a séquestré dans mon bureau, ajouta en souriant Desachy.

– C'était en quelle année exactement ?

– 2010, il y a deux ans.

99

– Ça n'est pas très loin. Vous ne croyez pas qu'un employé mécontent, quelqu'un qui n'aurait pas retrouvé de travail et qui serait aujourd'hui dans l'embarras aurait pu vous en vouloir ?

– Au point de cambrioler ma maison ? d'assassiner ma femme ? vous rigolez, répondit Desachy. J'avais de bons rapports avec mes employés, ils me respectaient, si ce n'est pas trop prétentieux de dire ça. Je suis né moi aussi dans d'une famille modeste, je les comprenais.

– Ne me dites pas que vous n'aviez jamais de conflits.

– Des conflits normaux dans une entreprise. Et ça finissait toujours par s'arranger. Non, je crois qu'ils m'aimaient bien et qu'ils étaient heureux chez moi. Il m'est souvent arrivé de donner un coup de main quand l'un d'eux se trouvait dans une passe difficile, quelqu'un de malade à la maison par exemple.

– Ce qui veut dire que vous étiez un employeur paternaliste ?

– Appelez ça comme vous voudrez.

– Pour en revenir à votre fils, comment a-t-il réagi quand vous lui avez annoncé que sa belle-mère hériterait de la moitié de vos biens ?

– Je vous l'ai dit, il n'était pas content du tout. Je m'y attendais, remarquez.

– Vous avez eu plusieurs discussions à ce sujet ?

– On en a parlé quelques fois.

– Et il a fini par se résigner ?

– Apparemment oui.

– Il était déjà riche, et l'autre moitié de vos biens devait lui revenir de toute façon…

– Exact. Alors, vous voyez, il n'avait aucune raison d'aller tremper dans un assassinat !

– Mais il n'y a pas que l'argent, vous le savez bien, Monsieur Desachy. Les histoires d'héritage, c'est complexe. Il y a une charge sentimentale très forte là-dedans. Pour les héritiers, c'est la reconnaissance de leurs droits à l'affection et à la considération du testateur. C'est pourquoi il est si difficile pour les gens riches de rédiger leur testament. Ils doivent se montrer équitable, ne vexer personne, éviter les frustrations, voire les haines qui pourraient survenir dans leur propre famille après leur mort.

– Mais avec Albin, on s'était mis plus ou moins d'accord, finalement. Il se doutait bien que Béatrice ne lâcherait pas le morceau tant qu'elle n'aurait pas obtenu ce qu'elle voulait et il savait que, depuis mon accident cardiaque, j'avais besoin d'une vie calme et équilibrée. Cela ne lui retirait rien de mon affection. J'aime mon fils et nous nous sommes toujours bien entendus. C'est quelqu'un qui a horreur des conflits, Albin. Lui, aller se compromettre dans un assassinat ! Laissez-moi rire... Et puis il aime bien le petit Damien, lui aussi. Il n'aurait rien fait qui puisse le priver de sa mère.

– Donc, au bout du compte, Béatrice a gagné sur toute la ligne : vous avez modifié votre testament de manière à lui laisser la moitié de vos biens ?

– C'est ce que j'ai fait, oui. Je l'ai emmenée avec moi chez le notaire pour qu'elle en soit sûre.

– Et qu'elle vous fiche la paix ?

– Oui, reconnut Victor, pour qu'elle me laisse tranquille. C'était l'unique raison.

– Monsieur Desachy, je vais encore vous poser une question personnelle. Aimiez-vous votre femme ?

– Je l'aimais au début. Et puis ensuite, quand le désir physique s'émousse, on voit les gens d'une manière plus objective. On s'aperçoit de leurs défauts. Des défauts, nous en avons tous, n'est-ce pas, mais quelquefois ce sont de véritables incompatibilités qui se font jour...

– Donc, votre seconde épouse ne vous rendait pas heureux ?

– Si vous voulez la vérité, non, elle ne me rendait pas heureux.

Victor jeta de nouveau un coup d'œil sur l'horloge :

– Je vous ai dit tout ce que vous vouliez savoir ? Je peux m'en aller, à présent ?

Ce même jour, alors que Lemay finissait son repas « Chez Henriette », un restaurant pas trop éloigné du commissariat mais assez tout de même pour lui permettre de réfléchir en paix à ses affaires sans risque d'y rencontrer des collègues et de passer l'heure du déjeuner en bavardages et plaisanteries grivoises, la journaliste du *Progrès* surgit devant sa table. Et là, pas moyen de se défiler, ce n'était pas comme au cimetière quand il avait eu la chance de l'apercevoir de loin.

– Mademoiselle Fallois, s'exclama-t-il, quelle bonne surprise !

– Bonjour commandant, dit Hélène, je ne vous dérange pas ? J'espérais bien vous trouver ici.

– Un vrai limier, ironisa le policier. Ma parole, vous me suivez à la trace !

Hélène posa la main sur la chaise en face de lui :

– Vous permettez ?

– Je vous en prie, dit-il en affichant un air résigné, même si, en réalité, à cet instant, il n'était pas fâché de la voir. Il la considérait comme une personne débrouillarde et intuitive et, au point où il en était, le point mort il faut bien le dire, il n'était pas fâché de parler un peu de l'affaire Desachy avec elle.

Connaissant assez la jeune journaliste pour deviner qu'elle menait ses investigations de son côté, et sans du tout espérer qu'elle allait lui dire ce qu'elle avait – peut-être – découvert (en général, Hélène Fallois jouait « perso » dans l'espoir de damer le pion aux policiers), il pensait qu'une conversation avec elle pourrait lui ouvrir un nouvel horizon, clarifier un peu les choses ou même, avec un peu de chance, apporter un élément qui le mettrait sur la voie. Il proposa :

– Je vous offre un café ? – Proposition qu'Hélène accepta en s'asseyant. – Deux cafés, commanda-t-il de loin à la patronne. Alors, chère Mademoiselle, quel bon vent vous amène ?

Il y eut un court silence, pendant lequel le policier et la journaliste se défièrent du regard. Sachant qu'Hélène Fallois était originaire de Varrèdes et reconnaissant ses qualités professionnelles, il avait tendance à lui donner la priorité quand il voulait faire savoir quelque chose à la presse. Il n'empêche que leurs conversations prenaient parfois l'allure d'une partie de poker, chacun essayant d'obtenir de l'autre le maximum d'informations tout en se livrant le moins possible.

– Oh, répondit Hélène d'un air détaché, je suis venue comme ça, pour parler un peu du crime Desachy. C'est quand même étrange, cette histoire, vous ne trouvez pas ? – Sachant parfaitement que les policiers n'avaient pas avancé d'un pouce (car autrement ils se seraient empressés de le faire savoir aux journaux pour qu'ils informent le public de leurs progrès), elle demanda : « Vous êtes sur une piste ? ».

– Plusieurs, répondit le commandant d'un air mystérieux.

– C'est bien le problème, dit Hélène. Du coup, moi, je n'ai pas d'infos précises, rien à offrir à mes lecteurs.

– Pourtant vous n'êtes pas maladroite quand il s'agit d'inventer des histoires, la taquina le commandant.

– Bien obligée, quand vous n'avez rien à me dire, répliqua Hélène du tac au tac. Elle ajouta : Vous avez interrogé Victor Desachy, ce matin ?

– Comment le savez-vous ?

– Je l'ai croisé en venant vous voir tout à l'heure au commissariat – ce sont d'ailleurs vos collègues qui m'ont

103

dit que je vous trouverais ici. Desachy en sortait au même moment. Vous croyez qu'il pourrait être impliqué dans l'assassinat ? Après tout, c'est lui le mari...

– En effet, dans 70% des cas c'est le mari le coupable. Mais dans le cas qui nous occupe, ça m'étonnerait. Ça ne cadre pas avec la personnalité du bonhomme. Même si ses sentiments pour son épouse s'étaient refroidis...

– Il vous a dit ça ?

– Il ne m'a pas semblé bouleversé par sa mort. Mais, franchement, je ne vois pas Victor Desachy faire assassiner qui que ce soit. C'est un battant, cet homme, et un amoureux de la vie. Certainement très intelligent et tout à fait capable de résoudre ses problèmes par les voies légales. De plus, en l'écoutant, j'ai eu l'impression qu'il n'était pas dépourvu de sens moral.

– Eh bien, moi aussi, ça m'étonnerait beaucoup qu'il soit l'instigateur de l'assassinat, consentit Hélène. – Quoique, ajouta-t-elle d'un ton rêveur, comment savoir ce qui se passe réellement derrière les murs des maisons bourgeoises, à l'intérieur de ces demeures en apparence respectables... Toutes ces rancœurs accumulées entre les membres d'une famille obligés de vivre sous le même toit et que la nécessité de cacher leurs sentiments prive du moyen le plus naturel d'évacuer leurs frustrations : une bonne colère, un affrontement... Enfouies pendant des années, un beau jour ces haines recuites éclatent en crimes sanglants, en déchaînements soudains de violence. Voire même en assassinats longuement prémédités...

– Belle tirade, admira le commandant, mais gardez ça pour vos articles. Vous avez trop d'imagination.

– Elle tombe juste, parfois, l'imagination. Vous avez également interrogé le fils ? Albin ?

– Je vais le faire. J'attendais d'avoir vu le père.

Hélène se découvrit un peu :

104

– Albin, je le connais bien. Enfin je l'ai bien connu à une certaine époque.

– Ah oui ? fit le commandant à la fois intéressé et amusé.

– C'était il y a longtemps. Nous sommes sortis ensemble pendant quelques mois.

– Vous avez de belles relations.

– J'avais fait un reportage chez VD-Equip'bureau, il y a une dizaine d'années de ça. Après la parution de mon article, le fils Desachy m'avait téléphoné pour m'inviter à dîner.

– Qu'est-ce que vous pensez de lui ?

– Extérieurement, il a tous les traits d'un grand bourgeois. Réservé, distingué. Sa mère, Mathilde, la première épouse de Victor était une fille Leroy. Une famille fortunée de Mâcon. Les parents de Mathilde sont décédés prématurément, tués tous les deux ensemble en rentrant de week-end dans un accident d'hélicoptère. – Hélène ajouta, confirmant les dires du père : Ils lui ont laissé, entre autres, une propriété viticole dont Albin a hérité à la mort de sa mère. Mais ce n'est pas lui qui s'en occupe, il ne connaît rien à la vigne.

– Et sa personnalité profonde ? Quand on le connaît mieux ?

Hélène émit un petit rire au souvenir de ses sorties avec lui :

– Je le trouvais radin. Au restaurant, il laissait des pourboires mesquins. Et pour moi, jamais un cadeau, pas une seule fois. Il ne connaissait même pas la date de mon anniversaire.

– Votre relation a duré longtemps ?

– Je vous l'ai dit, quelques mois. Mais c'était une relation épisodique. On pouvait rester trois semaines sans se voir.

– Donc, vous le jugiez avare ?

– Ces bourgeois, ils n'en parlent jamais, mais ils tiennent à l'argent, remarqua Hélène, ils y tiennent très fort. Pour eux, la richesse est le critère de tout, la valeur suprême. Vous croyez qu'il pourrait y avoir une question d'intérêt, un différend au sujet de l'argent à l'origine de l'assassinat de Béatrice ?

– C'est possible, on ne sait jamais, répondit le commandant, en songeant qu'elle brûlait, mais résolu à garder pour lui ce qu'il avait appris des disputes familiales à propos de l'héritage de Victor.

Hélène réfléchit un instant :

– Pourtant, même par intérêt, je ne vois pas Albin se compromettre dans un assassinat. C'est un homme bien trop soucieux de sa tranquillité, je dirai même timoré. J'ai parlé de lui avec son ancienne secrétaire, Madame Guillemain. Elle n'a pas une bonne opinion de lui, c'est le moins qu'on puisse dire. Pour elle, Albin n'est qu'un faible, un bon à rien.

– Beaucoup d'anciens de VDE en veulent au fils de ne pas avoir pris la direction de l'entreprise quand le père a pris sa retraite.

– D'après sa secrétaire, il en aurait été tout à fait incapable. Elle m'a raconté qu'il avait même eu du mal à se trouver une épouse. Tout beau parti qu'il était, les candidates ne se bousculaient pas au portillon.

– Vous la connaissez, son épouse ? Elle est comment ? interrogea le commandant, curieux, après avoir entendu le point de vue de Victor sur sa belle-fille, d'entendre celui d'une ex-amante du mari.

– Insignifiante, laissa tomber Hélène avec le plus complet mépris. Je l'ai vue une fois ou deux. Une figure banale, une silhouette épaisse. Elle ne doit pas faire beaucoup de sport. Et il paraît qu'elle est stérile, en tous cas ils n'ont pas encore eu d'enfant. – Hélène se tut, plongea un regard malicieux dans les yeux du commandant et reprit : Mais vous, vous ne m'avez pas dit ce que vous pensez de tout ça...

– Nous supposons qu'il pourrait s'agir d'un ancien employé de VDE. Un pauvre gars qui n'aurait pas réussi à s'en sortir, un type aux abois et qui se serait monté la tête contre son ancien patron. On cherche aussi dans le passé de Béatrice, ce qu'elle faisait à Lyon dans sa jeunesse, ses fréquentations...

Une seconde, Hélène se demanda s'il avait lu l'article qu'elle avait écrit pour *Le Progrès* après sa petite enquête à Paris et la découverte des frasques de Béatrice dans un palace de l'avenue Montaigne. Mais comme le commandant n'y avait pas fait allusion, elle en conclut que l'article lui avait échappé.

– De mauvaises fréquentations ? interrogea-t-elle. Vous pensez qu'elle aurait eu un passé douteux ?

– C'est ce qu'on va vérifier, dit-il en vidant sa tasse de café.

– Vous me tiendrez au courant ? suggéra Hélène en s'armant de son plus beau sourire.

– Promis, fit Lemay.

Il demanda l'addition et tous deux se séparèrent à la porte du restaurant. En retournant à leurs affaires, ils se disaient que leur conversation ne leur avait pas appris grand-chose, chacun s'étant bien gardé d'indiquer à l'autre la piste qu'il privilégiait.

Le commandant, celle d'un assassinat familial, conséquence d'un violent sentiment d'injustice suscité par le testament de Victor Desachy.

La journaliste, l'hypothèse d'un cambriolage et d'un crime crapuleux commandités par l'amant parisien de Béatrice, le fascinant sosie de Benicio del Toro.

Chapitre 4

On n'était encore qu'au début de mars, mais il y avait comme un avant-goût de printemps dans l'air. Par les hautes fenêtres du salon où il attendait que veuille bien paraître Aline Dumontier, le commandant Lemay contemplait la cime des arbres du bois de Mortcerf, dont les branches déjà recouvertes de petites pousses s'inclinaient doucement sous un vent léger. La maison de Madame Dumontier était située presque en face de celle des Desachy, quelques mètres plus bas dans l'avenue de France. En se penchant un peu, Lemay pouvait apercevoir la demeure qui ne lui rappelait que trop la pression qui pesait sur lui et le pétrin où il était.

Presque cinq semaines à présent qu'il enquêtait sans résultat et l'affaire commençait à faire du barouf en haut lieu. Les élections cantonales approchant, certains conseillers généraux avaient du souci à se faire pour leur siège. Craignant, si le crime qui avait coûté la vie à l'épouse d'un notable et mis la population en émoi n'était pas rapidement résolu, de voir quelques sièges

109

importants du Conseil échoir au parti adverse, le ministre de l'Intérieur avait rappelé le préfet du département à l'ordre, lequel avait vertement tancé le commissaire, qui s'était jeté à bras raccourcis sur le commandant, le bombardant de divers noms d'oiseau et de menaces de mutations dans des territoires lointains.

Les recherches effectuées à Lyon sur le passé de Béatrice Perrin (son nom de jeune fille) n'avaient rien apporté de concret. Le lieutenant chargé des investigations était remonté jusqu'à sa mère, une femme très abîmée, probablement alcoolique, qui vivotait à Meyzieu dans un logement tout juste salubre et qui avait élevé seule sa fille, née de père inconnu. C'était dans ce logement même, presque un taudis, que Béatrice avait grandi. A seize ans, elle avait fui cette existence misérable et sa mère avait eu de moins en moins de nouvelles d'elle, jusqu'au moment où elle n'avait plus du tout donné signe de vie. Cette pauvre femme ignorait même que la Béatrice Desachy assassinée dont on avait parlé à la télé était sa fille. Elle ne l'avait pas reconnue sur les photos montrées à l'écran ou dans la presse.

Fuyant la honte de ses origines, ces marques indélébiles qui dans les petites villes où tout le monde sait tout sur tout le monde vous accompagnent toute votre vie, Béatrice avait préféré se fondre dans l'anonymat d'une capitale et elle était partie à Lyon, où personne ne savait d'où elle sortait. Sans un sou, sans instruction, Béatrice était belle, c'était sa seule richesse. Si son tempérament paresseux ne la poussait pas à suivre une voie, à se forger avec persévérance un vrai métier, sa beauté lui permettait de trouver facilement des emplois de barmaid ou de serveuse dans les restaurants des quartiers populaires. Côté sentiments, elle avait eu quelques amants de passage, de brèves liaisons jusqu'à ce qu'un homme, un garagiste marié, s'intéresse à elle et la sorte de la gargote du quartier Gerland où elle se

110

morfondait. Quelque temps plus tard, elle avait rencontré son premier mari pendant des vacances à la montagne. Difficile de faire plus banal comme parcours. Exit, donc, l'hypothèse du crime d'un maître-chanteur surgi d'un passé trouble de la victime, hypothèse à laquelle d'ailleurs le commandant n'avait jamais vraiment cru.

Les foudres de sa hiérarchie avaient tout naturellement conduit ses pensées sur la personne du maire, et en particulier sur sa sœur, figure en vue de la société varredoise. En voilà une qui devait en connaître un rayon sur les bonnes familles de la ville. Et particulièrement sur les Desachy, puisque son frère était le meilleur ami, un ami de jeunesse de Victor.

Aline Dumontier était une femme à la personnalité rayonnante. Bien que proche parente du maire, un maire qui en était à son troisième mandat et commençait à faire figure d'institution, elle avait toujours refusé de se présenter aux élections municipales, où elle n'aurait eu pourtant aucun mal à se faire élire. N'ignorant pas que sur bien des sujets le maire était seul décisionnaire, ou tout au moins celui qui décidait en dernier ressort, elle jugeait plus expédient de le convaincre en privé d'agir comme elle l'entendait sur les questions qui lui tenaient à cœur. Dans la petite soixantaine, c'était encore une belle grande femme bien en chair, dotée d'un agréable visage rond et souriant, et d'une présence qui en imposait.

La porte du salon s'ouvrit et Madame Dumontier parut, détournant Lemay de la contemplation du paysage.

– Bonjour commandant, lança-t-elle en s'avançant vers lui la main tendue. Quel beau temps, ce matin, n'est-ce pas ? Je crois bien que le plus dur de l'hiver est passé... – Asseyez-vous, je vous en prie, dit-elle en prenant place elle-même devant une table basse. Vous avez demandé à me voir ?

– Oui, Madame.

– A quel sujet ?

– Au sujet de l'affaire Desachy. J'aurais quelques questions à vous poser... Enfin, se reprit le commandant, j'aimerais avoir votre avis, savoir ce que vous pensez de tout ça, vous qui connaissez bien la famille.

– Oh, se défendit Aline à l'avance, je ne suis pas dans le secret des dieux.

– Mais vous avez bien une opinion ?

– C'est un grand malheur.

– En effet.

– N'est-ce pas, qui aurait pu imaginer qu'une pareille horreur se produirait dans une famille aussi convenable ? Plus que convenable : exemplaire. Mathilde, la première femme de Victor, était l'une de mes bonnes amies... Mais je vois qu'il est quatre heures et demie, accepteriez-vous une tasse de thé ?

En se rendant au rendez-vous que la sœur du maire lui avait accordé au milieu de l'après-midi, le commandant n'avait pas songé qu'il aurait à prendre le thé le petit doigt en l'air comme une élégante varredoise.

– Oui merci, accepta-t-il néanmoins.

Ayant sonné et donné ses ordres à la bonne, Aline se retourna vers lui :

– Oui, la dernière chose à laquelle j'aurais pu penser, c'est que la maison Desachy serait un jour le cadre d'un crime crapuleux. Mathilde était issue d'une riche famille mâconnaise. Quant à Victor, c'est un self-made man sans doute (elle eut pour employer cette expression désuète de « self-made man » une intonation qui traduisait bien la condescendance de la bourgeoisie ancienne pour les « parvenus »), mais il n'en est pas moins un magnifique exemple de réussite pour la région.

– Et le fils ?

– Ah, Albin... Il est gentil, Albin, la douceur même.

Aline s'étendit un moment sur les qualités exceptionnelles de ses amis et la brillante carrière du chef de famille, meublant la conversation avec des banalités, des choses que nul habitant de Varrèdes n'ignorait. Lemay comprit qu'elle gagnait du temps, s'arrangeant pour en dire le moins possible tout lui en donnant l'impression de coopérer.

– Et la victime ? dit-il. Qu'est-ce que vous saviez d'elle ?

Aline leva les sourcils :

– Béatrice ? Ah oui, Béatrice...

Elle se tut, la bonne apportait un plateau chargé de porcelaine de Sèvres et d'appétissantes pâtisseries.

– Qu'est-ce que je peux vous dire, reprit-elle quand la domestique fut repartie, Béatrice était une jolie femme qui avait réussi à séduire un homme fortuné.

– Sa personnalité ?

– Bah, fit Aline... Un macaron, tenta-t-elle d'éluder en tendant une assiette à son visiteur. Ils viennent de chez Ladurée.

Lemay la sentait embarrassée. Il était clair qu'elle n'avait jamais eu une très bonne opinion de Béatrice mais répugnait à médire d'une femme qui était tout de même la victime d'un assassinat.

Lemay refusa le macaron d'un signe.

– Parlez franchement, intima-t-il un peu rudement à son hôtesse.

– Eh bien, pour moi, il était flagrant qu'elle n'avait pas reçu d'éducation. Ce n'était pas sa faute, la pauvre, on voyait bien qu'elle s'était donné du mal pour acquérir quelques manières, faire illusion. Mais tout ça sentait le fabriqué, elle donnait constamment l'impression de s'étudier, de penser à l'effet qu'elle produisait. Enfin, s'il n'y avait eu que ça, ce n'aurait pas été pas bien grave. Le plus ennuyeux était qu'elle avait toujours l'air d'être en lutte avec les autres, les autres femmes j'entends, essayant de se faire valoir à leurs dépens. Il m'est plusieurs fois arrivé d'en être gênée. Vous savez peut-être que mon frère est très lié avec Victor de sorte que les

113

Desachy dînaient régulièrement chez moi. Et bien, il y a eu des cas, certains soirs, je vous assure, c'était à la limite de l'incident. Il a fallu plusieurs fois que je présente mes excuses à certaines de mes invitées que Béatrice avait prises à partie, à table, devant tout le monde. Avec coup de téléphone et envoi de fleurs le lendemain matin...

Aline s'animait ; elle en était déjà à sa deuxième tasse de thé, qu'elle buvait fort à en juger par sa couleur :

– ... Et je dois dire qu'elle se comportait d'une manière particulièrement agressive avec sa belle-fille.

– Odile Hernut ?

– Oui, l'épouse d'Albin. Odile est plusieurs fois venue se plaindre à moi des façons de faire de sa belle-mère. Elle en pleurait, la pauvre petite. Ce rapport de force permanent, je conçois que ça devait être insupportable. D'ailleurs Albin et sa femme n'ont pas tardé à déménager, à présent ils habitent un peu plus bas dans l'avenue.

– J'ai appris ça, murmura le commandant.

– Il y avait ce problème d'Odile, vous comprenez, son regret de ne pas avoir d'enfants... Eh bien, par exemple, Béatrice se faisait un malin plaisir de s'étendre devant elle avec les autres mères sur les joies que leur procurait leur progéniture. A les entendre, la maternité était un état idyllique... Idyllique, quelle plaisanterie ! Ma sœur cadette a eu trois enfants, trois garçons, et je peux vous assurer que quand ils étaient petits c'était une belle bande de chenapans. Ils lui en ont fait voir de toutes les couleurs ! Enfin, on sentait que Béatrice faisait exprès d'aviver la blessure d'Odile, comme si le fait d'avoir enfanté lui procurait quelque supériorité ! s'exclama Aline, qui ne s'était jamais mariée et n'avait pas eu d'enfant elle-même. D'autres fois, Odile, qui est un peu forte, avait droit, en public, aux remarques de sa belle-mère sur la nécessité de garder sa ligne. Des sottises, quoi. On aurait dit qu'elle ne savait pas quoi inventer pour la vexer.

– Rivalité avec une femme plus jeune ? proposa le commandant.

– Peut-être, mais Béatrice, même si elle avait une dizaine d'années de plus, était indiscutablement plus belle et plus élégante. Socialement, elle avait beaucoup plus de succès. Quand elle arrivait quelque part, en fait, on ne voyait qu'elle. Odile est plus effacée. Pas sotte, non, loin de là, pas laide non plus, mais terne. Et puis elle a un tempérament introverti, je dirais même secret. Ce n'est pas une nature démonstrative. En société, elle ne cherche pas à briller, à se mettre en valeur. Au fond, ajouta Aline avec perspicacité, ces personnes réservées sont aussi complexes et intéressantes que les autres, mais il faut bien les connaître pour s'en apercevoir. D'ailleurs, Odile était plus instruite que sa belle-mère. Elle a fait de bonnes études, pas plus loin que le bac, mais c'était une bonne élève, les études l'intéressaient. Et Béatrice se sentait probablement inférieure à sa belle-fille à ce point de vue-là, au point de vue de l'instruction. Oui, c'est ce que je pense, il devait y avoir au fond chez Béatrice une fragilité, un manque d'assurance...

Aline se tut un instant, puis reprit :

– Je me souviens d'un jour, pendant l'une de mes garden-parties, c'était vers la fin de l'après-midi, avec un petit groupe d'amies nous nous étions réunies sous un arbre. A un moment, la conversation est tombée sur le dernier livre d'Amélie Nothomb, je crois que c'était *Le voyage d'hiver* cette année-là, je n'en suis pas sûre, comme elle en publie un tous les ans, je ne m'y retrouve plus. Il faut vous dire que mes amies et moi nous formons une espèce de petit club de lecture, nous nous recommandons mutuellement les bons livres que nous venons de lire et nous en discutons ensuite entre nous. Donc, nous parlions d'Amélie Nothomb et chacune

115

donnait son avis à son tour. Là-dessus, quelqu'un demande à Béatrice si elle en avait lu quelque chose et ce qu'elle en pensait. Et là Béatrice a eu une réaction vraiment bizarre. Elle s'est figée pendant une interminable seconde, blanche comme un linge, ne sachant visiblement ni quoi dire ni quoi faire. Et puis soudain elle a plongé sur sa chaussure en feignant d'y rajuster une bride, une bride qui était parfaitement attachée. Drôle de réaction, tout de même, vous ne trouvez pas ? Nous en étions toutes bouche bée. Elle aurait très bien pu s'en tirer en disant qu'elle n'avait encore rien lu de cet auteur et en demandant qu'on lui recommande un premier titre. Mais non, cette simple question l'avait complètement désarçonnée. La honte de son ignorance, sans doute, le sentiment d'avoir perdu la face…

D'un autre côté, il faut reconnaître qu'elle faisait de grands efforts pour s'intégrer à notre petite société. On savait qu'on pouvait compter sur Béatrice. Quand on avait besoin d'elle, elle répondait toujours présente. Par exemple, elle participait activement à l'association que j'ai fondée, *Le Diabolo*. C'est une association d'aide et de soutien aux enfants hospitalisés. Nous allons les voir chaque jeudi. Nous faisons venir pour eux des petits spectacles, avec des clowns et des jongleurs qui les distraient dans leur lit d'hôpital. A Noël, nous organisons des fêtes et des distributions de cadeaux. Et nous aidons aussi les vieux malades isolés. Oui, ça, c'était une qualité indéniable de Béatrice, elle se montrait disponible et coopérative. Vous savez comme moi, commandant, que les gens ne sont pas tout blancs ou tout noirs…

– A propos d'enfants, dit-il, que va devenir son fils, le jeune Damien ?

– Pauvre petit, s'exclama Aline, orphelin de père et de mère à neuf ans ! Heureusement, il n'est pas tout seul, Victor et Albin prendront soin de lui. Actuellement, pour le soustraire à la médisance et aux quolibets de ses petits camarades, ils l'ont retiré de son institut de Varrèdes et l'ont mis en pension dans un internat très huppé de Genève. Là-bas, personne n'a entendu parler de l'affaire, Damien y est en sécurité. Et puis Genève, ce n'est pas le bout du monde. Ce sera facile de lui rendre visite. Moi-même, j'irai le voir de temps en temps.

— Son beau-père a l'intention de l'adopter ?

— L'adopter ? Mais vous n'y pensez pas, se récria Aline. Victor a déjà un fils ! Un fils de son sang ! L'enfant de Mathilde, sa première épouse !

— Béatrice, la seconde épouse, elle s'entendait bien avec son mari ?

— C'est ce qu'il me semblait. En tous cas, elle se montrait pleine d'attentions pour lui. Surtout depuis son infarctus et son opération. Un pontage à son âge, ce n'est pas rien.

— Vous saviez qu'il avait refait son testament en sa faveur ?

De surprise, Aline manqua s'étrangler avec le macaron à la pistache qu'elle venait d'entamer.

— Vous dites ? fit-elle répéter en reposant le gâteau sur son assiette.

— Dans ses nouvelles dispositions, il lui léguait la moitié de ses biens personnels.

— Qui a bien pu vous raconter ça ?

— Je le tiens de la bouche même de Victor Desachy.

— Nooon, s'écria Aline, estomaquée, ce n'est pas possible… Pardonnez-moi, mais vous avez dû mal comprendre.

— Mais si, j'ai parfaitement compris, il a été très clair, insista le commandant en observant avec curiosité la réaction de son hôtesse.

Aline Dumontier tombait des nues et son étonnement donnait la mesure de ce que représente l'argent, l'héritage dans les familles bourgeoises. Le

117

patrimoine familial, ça ne se partage pas ! Si fortuné qu'on soit déjà, il revient de droit et en totalité à la descendance, aux personnes du même sang. L'argent doit aller à l'argent. Les fortunes sont faites pour s'agrandir et les riches n'en ont jamais assez.

– Mais comment a-t-il pu faire ça ? Léser son propre fils ! Le priver d'une part de son légitime héritage au profit d'une seconde épouse, d'une personne sans fortune qui plus est ?

– Allez savoir, dit le commandant, qui ne se lassait pas de contempler la stupéfaction sincère d'Aline.

– Et Albin, qu'est-ce qu'il en pense ? s'interrogea-t-elle tout haut. C'est tout de même lui le premier concerné...

– Il semble qu'il se soit fait une raison. Dans l'intérêt de son père, pour le protéger.

Aline ouvrit des yeux ronds :

– Comment ça ? Pour le protéger de quoi ? Qu'est-ce que vous voulez dire ?

– Par égard pour sa santé. Béatrice fatiguait Victor. Elle insistait pour qu'il lui lègue une part importante de ses biens et se faisait certainement très pressante. Et il y avait un moment que ça durait. A mon avis, pour parvenir à obtenir gain de cause, elle a dû faire un siège en règle.

– Quel toupet ! Remarquez, je peux comprendre qu'elle se soit inquiétée de ce qu'elle deviendrait après la mort de son mari. Une femme seule avec un enfant... Mais j'imagine que Victor avait prévu quelque chose pour elle. Il avait certainement fait ce qu'il fallait. Ce qui était convenable.

– C'est ce qu'il m'a dit. Elle devait bénéficier d'une rente à vie. Et il avait aussi pensé à l'avenir de Damien.

– Et bien alors ? Où était le problème ?

– Apparemment, ça ne lui suffisait pas.

– Quel toupet, répéta Aline. Hélas pour elle, elle n'en profitera pas. Le destin, la justice immanente...

Il y eut un silence. Entre deux doigts délicats, elle se ressaisit de son macaron et mordit dedans avec un regard lointain. Elle se voyait déjà rapportant l'affaire à son frère, à ses amis, à ses relations. Et elle se réjouissait secrètement de l'étonnement que la nouvelle produirait à son prochain dîner, de la conversation animée autour de la table, des commentaires qui ne manqueraient pas de s'ensuivre... Avant peu, toute la ville en ferait des gorges chaudes, et c'était exactement ce que le commandant escomptait en rapportant à la sœur du maire la confidence de Victor Desachy : faire parler les gens, délier les langues, avec l'espoir qu'il en jaillirait quelque chose d'utile à son enquête.

Quelques instants plus tard, il se leva, remercia son hôtesse pour son aimable accueil et prit congé. En revenant vers le commissariat, coincé dans l'embouteillage de la sortie des bureaux, il repensait en souriant au moment qu'il venait de passer, les fesses au bord d'une bergère, une tasse de thé à la main (un thé d'ailleurs excellent, pour autant qu'il pouvait en juger car il ne goûtait pas souvent à ce breuvage de dame), menant une conversation quasi mondaine avec une charmante femme. Son métier lui procurait rarement de ces plaisants entractes. Sans blague, Madame Dumontier lui avait même parlé littérature... Amélie Nothomb... Et d'abord qui c'était, Amélie Nothomb ? Il faudrait qu'il se renseigne.

A peine franchie la porte de l'ascenseur, Hélène sentit qu'il y avait de l'orage dans l'air. Trois de ses collègues de la rédaction se trouvaient déjà devant la machine à café. Ils répondirent du bout des lèvres au bonjour qu'elle lança à la cantonade et détournèrent

119

aussitôt la tête. Quand elle eut rejoint son bureau, sans même lui laisser le temps d'ôter son manteau, une assistante lui lança du fond de l'*open space* : « Bertrand te demande, il a déjà appelé deux fois… ».

– Il était de bon poil ? interrogea Hélène, en accrochant son manteau sur un cintre et en le suspendant dans son placard.

Pour toute réponse, la jeune assistante secoua énergiquement sa main droite avec une mimique explicite. Hélène saisit le message : ça allait chauffer.

Elle retourna vers l'ascenseur, repassa devant ses collègues qui cette fois évitèrent tout à fait de la regarder. Le dos tourné et la tête rentrée dans les épaules, ils semblaient soudain très absorbés par le contenu de leur tasse. Décidément, ça sentait le roussi.

Arrivée à l'étage du rédacteur en chef, Hélène traversa le couloir au pas de charge, frappa d'un doigt énergique à la double porte et entrouvrit un battant.

Bertrand Lefèvre était à son bureau, le col de sa chemise ouvert sur son cou épais, manches retroussées, congestionné comme un beefsteak cru. Le rédacteur en chef du *Progrès* était un sanguin.

– Enfin, cria-t-il, qu'est-ce que tu foutais ? Ça fait une heure que je t'attends !

Hélène marcha bravement jusqu'à lui :

– Bonjour Bertrand. Tu m'as appelée ?

Sans plus de préambules, il attrapa une exemplaire du journal de la veille, ouvert à la page **Faits divers**.

– Qu'est-ce que c'est que ça ? demanda-t-il, furibond.

A l'envers, Hélène reconnut son dernier article. Cinq colonnes qui occupait toute la moitié inférieure de la page.

– Tu sais bien, l'affaire Desachy.

– Et alors quoi, l'affaire Desachy ? T'as du neuf sur l'affaire Desachy ? Qu'est-ce que c'est que ce bla-bla, merde, c'est tout ce que t'as réussi à nous ramener depuis six semaines que t'es dessus ?

– C'est dur. L'enquête piétine. Les policiers sont pas faciles à aborder en ce moment. Impossible de leur tirer une information valable.

– Et ton enquête personnelle, Mademoiselle la grande journaliste d'investigation ? Soi-disant que t'avais une piste, que t'allais casser la baraque. Damer le pion aux flics. Tu te fais payer un voyage à Paris et qu'est-ce que tu nous rapportes ? Que dalle ! Qu'est-ce que t'as foutu ? T'as visité les musées ? T'es allée bouffer au Fouquet's ! Tu crois qu'on est là pour t'offrir des vacances !

Hélène se raidit sous l'averse, attendant qu'elle passe.

– Et ton fameux Monsieur M. ? C'est qui, celui-là ? T'en parles d'une manière sibylline, une « relation » parisienne de la victime, on n'y comprend rien, on attend la suite, et tout d'un coup, pfft, oublié, on n'en entend plus parler ! Tu prends les lecteurs du Progrès pour des cons ?

– Monsieur M, c'est Manuel Da Silva, l'amant de Béatrice. Un amant de passage. Elle s'offrait des petites aventures quand elle se rendait à Paris. C'est difficile de raconter ça dans le journal.

– Et alors, qu'est-ce qu'il a à voir dans l'affaire ?

– Eh bien je m'étais dit... C'est une espèce de play-boy, tu vois... Alors je m'étais dit, comme la police trouvait rien, qu'il pouvait être impliqué dans le crime Desachy.

– Tu l'as vu, ce type ? Tu lui as parlé ?

– Oui, je l'ai rencontré au Plazza Athénée... Tu sais bien, je l'ai écrit dans mon dernier article, c'est l'hôtel où Béatrice descendait quand elle était à Paris... Déjà ça, hein, habiter l'hôtel quand on a un appart à côté, ça prouve bien qu'elle cherchait à se distraire.

– Comment il est ?

– Oh, superbe, répondit Hélène avec conviction, très séduisant.

Le rédacteur en chef la regarda d'un air suspicieux, comme s'il la soupçonnait de s'être offert les services d'un escort-boy aux frais du journal.

– Mais non, voyons, le rassura-t-elle, non sans une nuance de regret, qu'est-ce que tu vas chercher !

– Alors c'était quoi, ton idée ?

– Ce que je te dis, que ce type pourrait être dans le coup ! Il aurait pu cambrioler Béatrice, ou faire cambrioler chez elle, donner des infos à des voleurs, est-ce que je sais !

– C'est ça, tu sais rien ! T'as rien pour étayer tout ça. Elle tient pas debout, ton histoire. C'est des élucubrations, du roman !

– Pas plus qu'autre chose, répliqua Hélène, vexée. Je te rappelle que la police n'a encore rien trouvé à Varrèdes, donc c'était logique de chercher ailleurs.

– Bon, allez, assez rigoler, tu arrêtes ton feuilleton immédiatement ! Occupe-toi d'autre chose !

Hélène protesta, drapée dans sa déontologie et ses prérogatives de journaliste :

– Arrêter mon enquête d'un seul coup ? Me mettre à parler d'autre chose ? Laisser mes lecteurs en plan ? Pas question. Alors c'est là qu'ils auraient des raisons de penser qu'on les prend pour des imbéciles.

– Tu discutes pas. Tu fais ce que je te dis.

– Mon prochain article est prêt, s'obstina Hélène. Il est déjà parti à la maquette.

Hors de lui, Bertrand Lefèvre bondit de son siège comme un diable et tapa du poing sur son bureau :

– Tu le retires tout de suite, tu m'entends ?

– Mais où est le problème ? interrogea Hélène, stupéfaite. Qu'est-ce qui se passe ?

– Desmaret a téléphoné.

– Desmaret ?

– Le principal actionnaire du Progrès. Il a appelé le patron.

– Le principal actionnaire a lu mes articles ? s'étonna Hélène ne sachant trop si elle devait s'en réjouir ou s'en inquiéter.

– Ou quelqu'un les a lus pour lui. Peu importe. Il veut qu'on arrête ça tout de suite.

– Mais pourquoi ?

– Les élections au Conseil général ! hurla le rédac-chef. Espèce de buse ! Tu comprends rien à rien, ma parole ! Tu veux me faire perdre mon boulot ?

– C'est pas le même département, observa calmement Hélène, on n'est même pas dans la même région.

– C'est tout près. Plein de gens lisent le Progrès à Varrèdes, et La Dépêche de Bourgogne qui sait plus quoi inventer non plus publie des resucées de tes articles. D'ailleurs, ça intéresse toute la France, cette histoire. On en parle dans les journaux nationaux, Le Monde, Le Figaro, Libé ! Même les chaînes de télés et les radios s'y sont mises ! C'est pas un crime commis chez des petites gens sans importance, tu comprends ? Ce sont des gens qui comptent, c'est la femme d'un industriel, d'un notable qui a été assassinée ! Et la police patauge depuis six semaines ! Et plus le temps passe, moins elle a de chances d'arrêter le coupable ! Tout le monde sait ça. Et alors une enquête qui traîne, un crime non résolu, ça touche à la question de la sécurité publique, ça ne plaît pas aux électeurs qu'on laisse courir les assassins, et ça peut faire gagner des sièges à l'opposition. C'est clair ? Tu peux piger ça ? Ça peut rentrer dans ta petite tête ? Et n'oublie pas une chose, si je saute, tu sautes ! Maintenant va retirer ton article en vitesse et fiche-moi la paix !

En regagnant la salle de rédaction, Hélène réfléchissait ferme. Pour le moment, pas de doute, les choses se présentaient mal. Mais d'un autre côté, si la chance tournait et si, grâce à elle, au flair qu'elle avait eu en allant enquêter à Paris, la police mettait la main sur le coupable juste avant le prochain scrutin du Conseil général, non seulement elle pourrait terminer sa série d'articles, et ça lui ferait une belle petite enquête logiquement bouclée, mais en plus elle était sûre de gagner la considération et la bienveillance au plus haut niveau du groupe de presse qui l'employait. Vue comme ça, l'affaire représentait une belle opportunité pour accélérer sa carrière.

Revenue à son bureau, elle téléphona au service maquette qu'ils suspendent la mise en page de son article. Puis, ayant constaté que ses collègues avaient déserté le couloir, elle alla se faire un express à la machine le temps de rassembler ses idées. Son café avalé, elle retourna à sa place et d'un doigt décidé forma le numéro du commissariat

A midi trente, après avoir réglé quelques affaires urgentes et sauté dans sa voiture pour franchir les cent cinquante kilomètres qui séparaient Lyon de Varrèdes, Hélène fit son entrée « Chez Henriette ». Cette fois, elle était attendue : le commandant Lemay l'avait invitée à partager son repas. « Partager » était le mot juste et le message était clair : chacun paierait sa part. Aucun ne devait être l'obligé de l'autre. Le commandant n'inviterait pas la journaliste aux frais de la police et il ne se laisserait pas inviter par elle.

Il était déjà là, assis sur la banquette à sa place habituelle, celle où Hélène l'avait trouvé quand elle était venue le surprendre une quinzaine de jours plus tôt. Il ne se leva pas à son approche et la laissa s'asseoir sur la chaise. Foin de la galanterie, après tout c'était la journaliste qui l'avait appelé, c'était elle la demandeuse.

124

Ils prirent connaissance de la carte et s'en tinrent au menu du jour : hors-d'œuvre variés et foie de veau purée pour les deux. Le commandant s'autorisa un quart de vin rouge, Hélène prit une demi-bouteille d'eau de Badoit.

Leur commande passée, ils commencèrent par se mesurer du regard, un regard compréhensif. Le commandant qui s'était fait copieusement engueuler par son supérieur, devinait qu'il en avait été de même pour la journaliste – et réciproquement. A cause de cette histoire d'élections, bien sûr. Les cantonales approchaient à grands pas et le temps pressait. L'heure n'était plus aux rivalités, à la concurrence, chacun essayant de tirer les vers du nez de l'autre sans dévoiler ses batteries. Le moment était venu pour eux de s'entraider, d'unir leurs forces pour tenter de faire avancer les choses. Et chacun savait parfaitement pourquoi il était là.

– Alors, commença le commandant, quoi de neuf ?

– Ce serait plutôt à moi de vous demander ça, répondit Hélène. Pour le moment, je suis bloquée. C'est tout de même incroyable, cette histoire…

– On n'en voit pas le bout, admit le commandant, je ne la sens pas cette affaire, elle échappe à toute logique. J'en arrive même à penser qu'il pourrait bien s'agir d'un crime de rôdeur, mais alors un cinglé, un assassin qui s'introduit dans les maisons pour tuer. Ça existe. Le père et le fils Desachy, qu'on pourrait considérer comme les bénéficiaires objectifs de l'assassinat, personnellement je ne les crois pas coupables. J'ai interrogé le fils. Mon sentiment rejoint le vôtre, d'ailleurs tous ceux qui m'ont parlé de lui sont du même avis : Albin Desachy ne ferait pas de mal à une mouche. Et je n'ai pas eu l'impression qu'il essayait de balader la police. Il m'a plutôt fait l'effet d'un homme qui n'a pas envie de se fatiguer à mentir.

– Hein, fit Hélène, qu'est-ce que je vous avais dit… Et pourquoi il aurait fait ça ? Il est déjà si riche. Pourquoi

125

se mouiller, aller se mettre entre les mains d'un voyou, risquer la prison à perpétuité ? Un assassinat avec préméditation, ce n'est pas rien, tout de même... Et sa femme, vous avez vu sa femme ?

– Je les avais convoqués ensemble. Elle, c'est une personne, je ne dirais pas effacée, parce qu'elle a une forte présence physique, mais vraiment très réservée. Difficile à cerner. Pendant tout l'interrogatoire, elle a eu l'air absente, bien loin de tout ça. En fait, elle n'a pas prononcé trois phrases, elle n'avait rien à raconter. La jeune Madame Desachy n'avait pas de très bonnes relations avec sa belle-mère et elle ne faisait pas semblant d'être affligée par sa mort. Mais elle n'avait pas l'air de s'en réjouir non plus. Un peu comme si toute cette histoire ne la concernait pas. Peut-être était-elle secouée, ébahie. Elle n'a pas un visage expressif. Elle est comme ces femmes que rien ne paraît ébranler, dont on ne sait jamais si elles vous ont entendu, si elles ont bien compris ce que vous dites.

– Un peu veau ? suggéra Hélène à qui l'idée que son ancien amant avait à présent une compagne *un peu veau* ne déplaisait pas.

– Elle ressemble beaucoup à sa mère.

– Ah ? Vous avez vu les parents ?

– De braves gens qui ne comprennent rien à ce qui leur arrive et qui n'ont aucune idée de ce que sont ces familles fortunées où leur fille est entrée par hasard. A cent lieues d'imaginer qu'ils seraient un jour mêlés à une affaire criminelle... Non, je ne vois rien à chercher de ce côté-là.

– Et la victime, Béatrice, vous vous êtes renseigné sur elle ? Et d'abord d'où elle sortait cette femme ? La police a bien dû recueillir des informations à son sujet ?

– En effet, nous avons enquêté à Lyon. Quelqu'un aurait pu resurgir de son passé. Essayer de la faire chanter, de lui soutirer de l'argent d'une manière ou d'une autre. Puis, faute d'obtenir ce qu'il voulait, pour la simple raison que l'épouse de Victor Desachy n'avait pas d'argent personnel et ne pouvait pas disposer d'une somme importante sans l'accord de son mari, prendre le parti de la cambrioler. Un petit malfrat pas bien malin.

– Mais pourquoi l'aurait-il tuée ? Pourquoi la bâillonner à mort, puisque la police a l'air de croire que l'étouffement n'était pas accidentel et que Béatrice Desachy a été assassinée ?

– Pour l'empêcher de parler, afin qu'on ne puisse pas remonter jusqu'à lui. Mais c'est une hypothèse qu'on a laissée tomber. On n'a rien trouvé de suspect dans le passé de Béatrice. C'était juste une belle fille née dans un milieu très pauvre qui ne s'était pas mal débrouillée et avait réussi à s'en sortir.

– Alors, qu'est-ce qui reste ? Cette histoire de testament dont tout le monde parle ? Le partage de l'héritage de Victor Desachy entre Albin et Béatrice ?

Comme le commandant l'espérait, cette disposition anormale, et même d'une certaine façon « scandaleuse » du testament de Victor Desachy qu'il avait délibérément révélée à la sœur du maire en sachant qu'elle s'empresserait de la rapporter avait eu vite fait de se répandre en ville. Sans malheureusement produire le résultat espéré. Personne ne s'était manifesté, personne n'avait téléphoné au commissariat pour fournir une information profitable à l'enquête, aucun fait nouveau n'avait émergé.

– Ah, fit-il, vous avez appris ça aussi ?

Hélène acquiesça :

– Par ma mère. Vous savez qu'elle tient une boutique de lingerie pour dames, Les Tiroirs d'Elise, et elle est au courant de beaucoup de choses, ma maman. Ses clientes bavardent.

– Les dispositions testamentaires de Victor, d'accord, ce serait un excellent mobile. Mais ça ne suffit

127

pas pour incriminer qui que ce soit tant qu'on n'a pas d'éléments concrets.

– Justement, fit Hélène, à propos d'éléments concrets, j'avais l'intention de vous demander si dans les relevés d'ADN qui ont été effectués dans la maison Desachy, vous n'en auriez pas trouvé un qui n'appartiendrait pas à la famille et pas non plus aux domestiques.

– Pourquoi vous voulez savoir ça ? Vous avez une idée précise ?

– Je me disais que ça pourrait ouvrir une piste, un ADN inconnu, étranger...

– Qu'est-ce que vous avez en tête ?

Hélène prit un air entendu, l'air de quelqu'un sur le point de livrer une information d'importance :

– Eh bien, de mon côté, j'ai mené une enquête à Paris...

– A Paris ?

– Oui, je ne voulais pas interférer avec la vôtre, vous comprenez, commandant, celle que vous meniez sur place. Je ne voulais pas gêner l'enquête de la police. Alors je suis allée voir à Paris parce que j'avais appris que la victime s'y rendait plusieurs fois par an.

La petite futée, pensa Lemay, elle s'en va faire sa petite enquête en douce en essayant de court-circuiter la police et elle prétend que c'était pour pas déranger !

– Qui vous a dit ça ? Toujours votre maman ?

– Oui, répondit Hélène, Béatrice Desachy était l'une de ses clientes. Maman savait qu'elle allait régulièrement renouveler sa garde-robe à Paris. C'est elle-même qui lui en avait parlé.

– Et alors vous avez trouvé quoi ?

– Pour commencer, j'ai appris que Béatrice s'y était rendue un peu avant Noël, vers la mi-décembre. Les Desachy y possèdent un appartement, tout près de l'Etoile... C'est là que Béatrice habitait, en principe.

– En principe ?

– Oui, parce qu'au lieu de s'installer chez elle, elle préférait descendre à l'hôtel. Au Plazza Athénée, avenue Montaigne. Vous trouvez pas ça drôle ?

– Euh, fit Lemay. Oui et non. Peut-être qu'elle s'ennuyait le soir toute seule dans son propre appartement.

Hélène adopta un ton encore plus entendu :

– Justement, elle n'était pas seule.

Le commandant dressa l'oreille, soudain très intéressé.

– Elle avait un amant, précisa Hélène.

– Vous l'avez vu ?

– Oui, je l'ai trouvé au Plazza. Il me l'a avoué lui-même, enfin il me l'a laissé entendre.

– C'est quel genre de type ?

– Genre play-boy.

– Ah tiens, fit Lemay.

– Alors, ne le prenez pas mal, mais comme l'enquête sur le crime Desachy ne progressait pas beaucoup à Varrèdes, je m'étais dit que ça aurait pu être lui le coupable, ou tout au moins l'instigateur. Les gigolos, les play-boys, il n'est pas rare qu'ils soient mêlés d'une manière ou d'une autre à des cambriolages de bijoux.

– Exact, confirma le commandant en se disant que cette jeune journaliste commençait à connaître son métier.

– Elle avait dû en porter pour sortir avec lui. Et peut-être se vanter de tous ceux qu'elle possédait, que son mari lui avait offerts. Ou bien il aurait pu l'interroger adroitement. Un dîner au champagne et, après quelques coupes, un type malin pouvait lui faire raconter ce qu'il voulait.

– Mais les bijoux n'ont pas été volés. Ils sont tous restés dans le coffre où ils étaient enfermés.

– Eh bien, nous serions devant un cambriolage raté. Ça arrive.

– Et vous pensez vraiment qu'il aurait laissé son ADN. D'habitude, ce genre de type n'agit pas lui-même.

– Non, mais si un ADN inconnu a été relevé, un ADN impossible à attribuer à la famille et à l'entourage, et pas non plus répertorié au fichier central, on pourrait remonter jusqu'à l'amant, examiner ses antécédents, les gens qu'il fréquente... Et en cherchant un peu on trouverait peut-être le propriétaire de l'ADN en question.

– Mouais...

– Alors, dites-moi, commandant, est-ce que vos experts ont relevé un ADN inconnu ?

– Non., Hélène, désolé de vous décevoir. Malheureusement, on n'a rien trouvé d'anormal, répondit Lemay en secouant la tête d'un air las.

Ils restèrent un instant silencieux, partageant le même découragement, le même sentiment d'impuissance. Tout d'un coup, le policier et la journaliste se sentaient très proches. Ils étaient comme deux personnes embarquées sur le même bateau, sans GPS ni boussole, en perdition sur une mer étale. Rien ne se profilait à l'horizon, pas le plus petit indice matériel, pas la moindre piste à suivre, à privilégier plutôt qu'une autre. Leur enquête s'enlisait. Bientôt, ils le savaient, elle leur serait retirée, elle leur échapperait tout à fait pour aller s'abîmer dans les profondeurs des affaires non résolues. – Humiliant.

Chapitre 5

Ce même jour, un peu plus tard dans l'après-midi, le lieutenant Bardin qui s'acquittait avec son collègue Rouleau du travail de routine consistant à faire la tournée des cafés et des gardiens d'immeubles à la pêche aux informations, tâche ingrate et répétitive mais parfois fructueuse, poussa la porte du café-restaurant « Le Bruxelles ».

Ce nom prestigieux (on s'attend généralement à trouver les noms de capitales sur des établissements d'un certain standing, de préférence dans les centres-villes) prêtait à sourire tant il paraissait mal adapté au modeste établissement qui l'arborait fièrement en lettres peintes sur sa façade. Mais nulle prétention là-dedans. Le propriétaire n'avait ainsi dénommé son café que par une juste reconnaissance envers la capitale belge où il avait exercé le métier de serveur durant de longues années, y gagnant patiemment l'argent nécessaire à l'ouverture de son propre établissement une fois de retour au pays. D'ailleurs, le nom était bien choisi. L'été, il suscitait une irrésistible envie de bière fraîche et, les jours d'hiver, évoquait une convivialité chaleureuse entre ses murs partiellement revêtus de bois sombre et troués de niches où quelques bibelots-souvenirs, statuettes en costumes folkloriques et chopes décorées, rappelaient leur pays d'origine.

Eloigné du centre et sans prétendre à la gastronomie, Le Bruxelles n'en bénéficiait pas moins d'une clientèle nombreuse et régulière grâce à sa situation stratégique, à la limite exacte du quartier nord de Varrèdes et de la Zone d'Activité. En fait, c'était le seul « vrai » restaurant à proximité des entreprises de la périphérie, de sorte que les cadres de la biscuiterie Bertot, les vendeurs de la Halle aux Chaussures, les employés de bureau du supermarché PRIMA venaient y déjeuner presque chaque jour. Ils en plaisantaient même avec Gilbert, le patron, prétendant qu'il aurait pu les prendre en pension. Et il arrivait aussi que des employés plus modestes, ouvriers des fabriques environnantes ou magasiniers, caissières, techniciens de surface du PRIMA s'offrent de temps à autre au Bruxelles un repas réconfortant.

Rien que cette clientèle laborieuse, aurait suffi à faire vivre l'établissement.

Mais Gilbert avait en plus ses clients du soir. Et là, changement de décor, l'atmosphère était bien différente. Les entreprises de la Zone d'Activité fermées et leur personnel éparpillé dans la nature, c'était le tour des habitants du quartier. Retraités, chômeurs de plus ou moins longue durée, « jeunes » aux occupations mal définies, une clientèle plus turbulente que celle du déjeuner (Gilbert ne faisait restaurant qu'à midi) et beaucoup plus difficile à tenir, mais elle aussi très rémunératrice.

Naturellement, c'était surtout cette clientèle de quartier, un quartier populaire, qui intéressait les policiers et justifiait leurs visites, bimensuelles en temps normal, quasi hebdomadaires quand ils enquêtaient sur une affaire exceptionnellement grave, et leurs apartés discrets avec le patron du Bruxelles.

Donc, il était trois heures trente, l'heure creuse. La vaisselle du repas était rangée, les tables nettoyées, le sol balayé, la serveuse était rentrée chez elle pour prendre son temps de repos. Pas un chat dans la salle, à part un pépère qui s'ennuyait tout seul chez lui et passait là ses après-midi à faire des mots croisés. Gilbert, qui était sur le point de se reposer à son tour, ce qui consistait pour lui à s'asseoir un moment sur une banquette de la salle pour lire son journal en somnolant à moitié, vit arriver ses deux visiteurs avec des sentiments mitigés. Il n'aimait pas leur façon d'entrer chez lui comme dans un moulin, en saluant à peine, avec la menace implicite de lui faire des ennuis s'il ne se montrait pas coopératif. Le patron du Bruxelles était un bon citoyen, travailleur et respectueux des lois, mais c'était aussi un brave type qui ne se sentait pas l'âme d'un délateur. Ce n'était pas lui qui serait allé rapporter spontanément les bribes de conversations suspectes qu'il aurait pu surprendre en servant ses clients ou quand ils chuchotaient entre eux au comptoir avec des airs de conspirateurs. A la vérité, Gilbert ne se souciait pas des activités plus ou moins licites de certains de ses habitués pourvu que ça ne se passe pas dans son établissement. Et il n'était certainement pas là pour créer des emmerdements supplémentaires à des pauvres types qui en avaient déjà largement leur compte. Cependant, l'affaire qui occupait présentement la police et qui mettait la ville en ébullition depuis plusieurs semaines n'était pas une petite affaire, un quelconque trafic sans importance. Cette fois il s'agissait d'un assassinat et le patron du Bruxelles estimait normal d'aider à faire la lumière dans toute la mesure du possible.

– Comment ça va ? fit le lieutenant Bardin en s'accoudant familièrement au comptoir.

– Ça va. Bonjour Messieurs, je vous offre quelque chose ?

– Un café, si vous voulez.

– Alors qu'est-ce que vous nous racontez de beau, demanda à mi-voix le policier pendant que Gilbert glissait deux tasses sous sa machine.

– Pas grand-chose. Y a rien de nouveau. Tout le monde en parle, c'est sûr, même avec moi, ils en parlent, mais personne n'a l'air d'avoir une idée bien précise. Certains pensent que c'est une histoire très con, un simple crime de rôdeur. Et d'autres, depuis ce bruit qui a couru en ville que le vieux Desachy avait désigné sa seconde femme comme héritière, ils disent que ça doit être une affaire de famille. Ils bavassent là-dessus, ils en rajoutent. Un bon scandale chez les bourgeois, ça les amuse, hein, on dirait ça leur fait plaisir quelque part. Ils font les malins, mais au fond ils savent rien du tout.

Gilbert posa les deux cafés devant ses visiteurs.

– Et en dehors des bavardages, vous, vous n'avez rien remarqué ? Un changement de comportement chez un client, un gars qu'aurait touché de l'argent tout d'un coup, qui se pavanerait, qui dépenserait plus que d'habitude ?

Gilbert secoua la tête.

– Non, dit-il, j'ai rien vu de particulier. Mais je vais faire gaffe. Bourgeoise ou pas bourgeoise, l'assassinat de cette jeune femme, c'est une sale affaire. Ça crée un mauvais climat. Je vous tiens au courant si je vois quelque chose d'anormal.

Les policiers partis, Gilbert alla s'asseoir sur sa banquette où il resta un moment pensif. En réalité, il avait bien remarqué quelque chose : un de ses habitués, un vrai pilier de bar qui se pointait tous les jours et par tous les temps à six heures juste, avait brusquement

134

disparu du paysage. D'ordinaire, c'était l'un de ses premiers clients de la soirée. Le désœuvrement, l'ennui, la solitude, les journées devaient lui sembler longues jusqu'à l'instant où il pouvait rejoindre son bistrot et rigoler avec ses copains en ingurgitant demis sur demis. Pierrot, il s'appelait. Gilbert ne connaissait pas son nom de famille. C'était juste un pauvre gars d'une trentaine d'années qui avait fait six mois de taule pour avoir fracturé la caisse d'une station-service, où il n'avait trouvé que quelques billets. Un casse de rien du tout. Un truc non prémédité et stupide, une idée qui avait traversé sa petite tête pendant qu'il attendait le pompiste en train de servir un client. Il était sorti de prison quatre mois plus tôt et vivotait d'une allocation, dont il dépensait une bonne partie au Bruxelles... Et bien ce type s'était subitement volatilisé le jour même où *La Dépêche* avait annoncé l'assassinat de l'épouse Desachy. Un matin le journal avait publié la nouvelle, et le soir, comme par hasard, on n'avait pas vu Pierrot. Et naturellement le patron, bien qu'il n'en ait parlé à personne, n'avait pu s'empêcher de faire le rapprochement. Une femme de la haute est assassinée, et tout de suite après, pfuitt, plus de Pierrot...

Gilbert n'était pas le seul à avoir constaté son absence. Au bout d'un jour ou deux, ses copains s'étaient étonnés : « Tiens, il est pas là Pierrot ? Où c'est qu'il est passé ? » – « Il est tout de même pas retourné en cabane ? », avait même plaisanté quelqu'un. Mais une copine avait dit qu'il ne se sentait pas bien et qu'il était parti se soigner chez sa mère. Elle le tenait de Pierrot lui-même, il lui avait téléphoné pour la prévenir. Maigre comme il était et avec sa mine de papier mâché, ça paraissait normal qu'il soit rentré quelque temps se retaper chez sa mère qui, pour ce qu'on en savait, vivait à la campagne du côté de Chalon. Et tout le monde avait pensé que ça lui ferait pas de mal de se remplumer un

135

peu. Même Gilbert, sur le moment, s'était dit que ça ne pouvait être que ça. Pierrot assassin, quand même ça paraissait un peu gros, et qu'il soit parti le lendemain de l'assassinat n'était sans doute qu'une coïncidence. Bref, personne n'avait cherché plus loin et on avait oublié Pierrot jusqu'à la prochaine fois.

Et puis les semaines avaient passé et la police n'arrivant pas à mettre la main sur le coupable, Gilbert avait repensé à lui. C'était tout de même bizarre, cette longue absence. En général, quand ses habitués s'absentaient, qu'ils allaient rendre visite à des parents où qu'ils étaient invités à une cérémonie familiale, baptême, mariage ou enterrement, on les revoyait pas plus tard qu'au bout de trois ou quatre jours, tout contents d'être revenus, d'avoir retrouvé leur quartier, leur bistrot, leurs amis. Oui, il y avait de quoi se poser des questions et Gilbert commençait à se demander si son client ne s'était pas définitivement fait la malle, s'il n'était pas parti se planquer quelque part à l'autre bout du monde (au Canada, en Australie, en Amérique du Sud…Dieu sait où) et si on le reverrait un jour.

Mais le surlendemain de la visite des policiers – c'était un vendredi, jour d'affluence, un joyeux brouhaha emplissait la salle dont toutes les tables étaient occupées tandis qu'une foule déjà bien allumée se bousculait comptoir –, qui est-ce qui se pointe au Bruxelles ? L'ami Pierrot !

Il était environ huit heures. En entendant la porte du café s'ouvrir, quelques visages curieux s'étaient tournés vers l'entrée. Une seconde d'hésitation, et puis :

– C'est Pierrot ! s'était écriée une fille. Pierrot est revenu !

Il faut dire qu'il était méconnaissable. Il avait pris au moins six kilos, ce qui ne faisait pas encore de lui un obèse, loin de là ! Non, il était juste comme il faut, un peu enveloppé, avec une bonne mine, le teint bronzé, la peau bien aérée. Ça, on peut dire que ses vacances chez sa mère lui avaient fait du bien. Pour s'être remplumé, il s'était remplumé !

Tout fiérot, l'arrivant s'avance vers sa bande de potes. On lui fait de la place, on lui tape dans le dos, on l'embrasse. « Et un demi pour Pierrot ! ».

Qu'elle était bonne la bière du Bruxelles ! Quel bonheur de se retrouver avec ses amis, là où il connaissait tout le monde, où tout le monde le connaissait ! Chez lui, parmi les siens, à sa vraie place. Ah, il lui avait manqué son bistrot, ils lui avaient manqué ses copains. Bien sûr, dans son milieu « Vous m'avez manqué », ça ne se disait pas. On n'exprimait pas ses sentiments avec des paroles. On se balançait des grandes tapes sur l'épaule, on payait à boire, ça suffisait pour montrer qu'on était content de se revoir.

L'air de prospérité chez un homme, ça attire les filles. Et elles venaient nombreuses le vendredi au Bruxelles, un peu pour se distraire, rencontrer leurs copines, un peu pour draguer, trouver un garçon qui les inviterait en boîte et avec qui passer la nuit. En un clin d'œil, il y en eut trois autour de Pierrot, qui s'étaient rapprochées mine de rien.

– Qu'est-ce que t'es élégant, dis donc, montre un peu, s'extasia l'une d'elles.

Il portait un blouson de daim neuf, une belle chemise de lainage à carreaux beiges et bruns, des mocassins de cuir gold à pompons. Et ça crevait les yeux que c'était de la qualité, pas de la camelote de supermarché.

Tout en s'activant derrière son bar, Gilbert gardait un œil (et une oreille) sur le petit groupe. La métamorphose de Pierrot l'intriguait. Ce n'était pas dans la campagne chalonnaise qu'il avait pu bronzer à ce point-là au mois de mars et ce n'était sûrement pas sa pauvre mère qui lui avait payé ses luxueux vêtements.

137

Parfois, en général au moment des fêtes de fin d'année, les traîne-patins qui constituaient une bonne part de sa clientèle du soir rentraient pour quelques jours dans leur famille, du moins ceux qui avaient la chance d'en avoir une. Ils en revenaient avec un pull neuf, un beau cachenez ou des bottillons fourrés, qu'ils ne se privaient pas d'exhiber, heureux de faire voir qu'ils n'étaient pas seuls au monde, qu'il y avait encore sur la terre des gens qui faisaient attention à eux. Mais c'était des choses bon marché, sans comparaison avec les coûteux vêtements que portait Pierrot.

Gilbert patientait. Après son verre de bienvenue, le revenant avait remercié ses potes avec une tournée générale, puis il en avait offert une autre, et ensuite c'était une de ses copines qui avait remis ça. Les langues commençaient à se délier et n'allaient pas tarder à se délier tout à fait.

Un peu plus tard, comme prévu, ses copains l'interrogeant sur sa transformation, Pierrot leur servit l'histoire – très banale – qu'il avait préparée : il avait gagné au Loto. A son arrivée à Chalon, juste pour passer le temps en attendant le car qui l'amenait chez sa mère, il s'était acheté un billet au kiosque à journaux de la gare. Le destin, la fatalité, la chance : c'était un billet gagnant ! Cinq bons numéros ! Sans le numéro Chance, malheureusement. Mais il avait tout de même empoché 30.000 euros !

Si Gilbert était sceptique, les copains l'avaient cru sur parole. En fait, ils ne demandaient qu'à le croire. La plupart de ces gars rêvaient leur vie – qu'aurait été leur vie sans l'espoir d'un conte de fées ? Eux-mêmes jouaient régulièrement au bureau de tabac qui faisait concurrence à Gilbert au coin de la rue. Trente mille euros, c'était pas l'Euromillion, c'était pas le jackpot ! Chaque semaine, et même plusieurs fois par semaine, des

138

tas de gens gagnaient trente mille euros. Et pourquoi pas Pierrot ?

Gilbert, en partie pour ne pas gâcher la fête, et sans doute aussi pour ne pas tarir le flot d'argent qui passait d'un mouvement régulier de la poche du « gagnant » à sa caisse et allait vraisemblablement continuer au même rythme jusqu'à la fermeture, s'accorda un temps de réflexion. La nuit porte conseil, disait le dicton. Comme la plupart des patrons de café, Gilbert était un lève-tôt. Il appellerait le commissariat le lendemain matin à la première heure.

Le lendemain samedi, le commandant Lemay fut tiré du sommeil à sept heures moins vingt par la sonnerie stridente du téléphone. Le lieutenant Bardin était au bout du fil. Visiblement très fier de sa prise, il lui apprit qu'il tenait un suspect dans l'affaire Desachy, qu'ils l'avaient déjà cueilli à son domicile et qu'on n'attendait plus que lui pour l'interroger. A peine le téléphone raccroché, Lemay bondit de son lit, prit la douche la plus rapide de sa vie et, attrapant son rasoir électrique et le glissant dans sa poche avec l'idée de s'en servir plus tard, se précipita au commissariat.

Le dénommé Pierre Balut, dit Pierrot, se trouvait donc dans son bureau, encadré de Bardin et de son collègue Rouleau. Sur les indications du patron du Bruxelles qui connaissait son adresse et avait préféré éviter une arrestation spectaculaire dans son café, les deux policiers étaient allés l'arrêter chez lui à six heures, heure légale, sans même avoir besoin de frapper : la porte n'était pas fermée à clé.

Pierrot habitait une petite pièce au premier étage d'un immeuble vétuste à cinquante mètres du Bruxelles. Les policiers l'avaient trouvé étendu en travers de son lit, en slip et en chaussettes, avec sa chemise à carreaux en guise de pyjama, ronflant à faire trembler les murs. Ses chaussures, son pantalon, son blouson gisaient au milieu du plancher. Il avait dû les enlever à la hâte, en tenant à peine debout. Comme Gilbert s'y attendait, Pierrot et ses copains étaient restés à picoler jusqu'à la fermeture. A minuit, le patron du Bruxelles avait mis tout le monde dehors et la petite bande était partie en titubant et en rigolant.

Pierrot était assis entre les deux flics, l'air hagard. Ils l'avaient embarqué tel quel, sans lui laisser le temps de se laver ni de se peigner, lui permettant tout juste d'enfiler les vêtements qui étaient par terre. Ebouriffé, pas rasé, d'une main il se tenait la tête, sa pauvre tête qui cognait et résonnait comme une enclume. Tant mieux. Avec une bonne gueule de bois, le témoin serait moins résistant pour l'interrogatoire.

En attendant leur chef, les deux policiers avaient commencé à le questionner, le bousculant un peu en guise de hors-d'œuvre. Le commandant leur adressa un regard interrogatif.

– Il prétend qu'il a gagné 30.000 euros au Loto, le renseigna Bardin avec un haussement d'épaules. D'après le patron du bistrot, il a fait la foire toute la soirée.

Lemay prit place derrière son bureau et jaugea d'un coup d'œil le « client » qu'il avait devant lui. Il avait déjà vu cette tête-là, il en était sûr.

– Je te connais, toi, dit-il.

– Pierre Balut, trente-deux ans, indiqua le policier Rouleau qui s'était déjà informé. Il a un casier. Un an pour un casse dans une station-service. C'était sa première condamnation. Il a tiré six mois à la maison d'arrêt d'Auxerre.

– Alors comme ça, commença Lemay, t'as gagné au Loto ? T'es un petit verni, toi. Moi ça fait dix ans que je joue et j'ai jamais rien gagné.

140

– Moi, une fois, j'ai touché cent balles, quinze euros, plaisanta Bardin.

– Et moi, vingt balles, renchérit Rouleau.

– Oui, mais Monsieur Balut, il est pas comme nous. Lui, il a eu de la chance, beaucoup de chance, continua Lemay. Il va sûrement nous dire quels numéros il a joués, Monsieur Balut ?

– Je m'en rappelle plus, fit piteusement Pierrot.

– Allons, creuse un peu ta cervelle. Un numéro gagnant, ça s'oublie pas. Ça n'arrive pas tous les jours un coup de pot pareil, ça reste gravé dans la mémoire. Hein ? C'était quels chiffres ? Et t'en avais combien d'abord ?

– Cinq, sans le numéro chance, articula péniblement Pierrot.

Il dodelinait de la tête, ses paupières se fermaient malgré lui. Le commandant vit le moment où son témoin allait s'endormir. « Va chercher un café pour Monsieur Balut, ordonna-t-il à Rouleau. Un double café bien fort. Ça lui fera peut-être revenir la mémoire.

– Alors, reprit-il quand son témoin eut avalé son café, ces numéros ?

– J'en sais rien, répondit Pierrot. (A cet instant, il regrettait amèrement de n'avoir pas pensé à regarder les résultats des tirages de la semaine où il avait prétendu, devant ses copains du Bruxelles, avoir gagné.) Je m'en rappelle plus, je vous dis.

– T'as touché un chèque, quand même ? Pour les sommes importantes, ils vous donnent un chèque à la Française des Jeux. T'as bien été obligé de le mettre sur ton compte, ou d'en ouvrir un dans une banque si t'en avais pas ?

Pierrot n'était pas complètement stupide. Réalisant qu'il était coincé, il réfléchit quelques secondes et prit le parti de s'écraser.

– Ça va, admit-il d'un air embêté, je l'ai pas gagné, je l'ai trouvé ce pognon.

– Où donc ?

– Par terre.

– T'as trouvé 30.000 euros par terre ? Où ça ?

– A Varrèdes. J'ai trouvé un portefeuille dans la rue.

– Quelle rue ?

– Au bout de la rue de Lyon. A côté du Calypso, le dancing.

– C'était quand ? Quel jour ? A quelle heure ? aboya Bardin.

– Le samedi d'avant que je m'en aille. Il devait être deux heures du mat'. J'avais été faire un tour en boîte.

– Ils se rappelleront de toi alors, au Calypso ? reprit Lemay.

– P't'être, mais c'est pas sûr. C'était plein à craquer, je sais pas si quelqu'un me reconnaîtra.

– Bon, il est deux heures, tu sors du dancing, et pan, coup de bol, t'aperçois un portefeuille sur le trottoir.

– Ça, c'est encore plus fort que de gagner au Loto, intervint Rouleau, sans blague il est vraiment cocu, le Pierrot !

– Je l'ai pas trouvé juste à la sortie. C'était un peu plus loin, à une trentaine de mètres, presque dans le noir. J'ai pas de voiture alors quand je sors en boîte je rentre chez moi à pied.

– Et là, tu tombes sur un portefeuille bien bourré...

Pierrot s'illumina, comme ragaillardi à cette seule idée :

– Pour ça oui.

– C'était des billets de combien ?

Il hésita :

– Euh... des billets de cent. Et aussi de cinquante. Des billets neufs, comme s'ils sortaient de la banque.

– Et il était comment ce portefeuille ?

142

– En cuir noir... non, marron foncé... en croco. Un porte-fafiots de riche.

– Et bien entendu, tu l'as pas gardé, tu t'en es débarrassé ?

– C'est ça. Je l'ai jeté dans ma poubelle et il est parti avec la benne à ordures.

– Donc, on le retrouvera jamais.

Pierrot baissa la tête sans répondre.

– Et le fric, continua Lemay, tu l'as toujours ? Combien il te reste ?

– Je sais pas. Huit, neuf mille.

– Et alors pourquoi tu nous a raconté que t'avais gagné au Loto ? Tu nous fais perdre notre temps, là.

– Ah ben, c'est ça que j'ai dit à tout le monde. Vous comprenez, commandant, j'ai inventé c'te histoire, c'est parce que j'avais gardé le pognon. 30.000 euros, j'allais pas les porter aux objets trouvés !

– C'est au commissariat qu'il fallait les rapporter. Tu pouvais aussi contacter celui qui l'avait perdu, il y avait sûrement son adresse dans son portefeuille ! Il t'aurait donné une récompense.

Pierrot prit un air penaud :

– C'est vrai, vous avez raison, commandant, c'est p't-être ça que j'aurais dû faire, appeler le propriétaire des fafiots...

Les trois flics considérèrent leur suspect en silence. Puis, estimant qu'ils l'avaient assez fatigué et que le moment était venu d'en arriver au fait, le lieutenant Bardin éclata :

– Dis donc, Pierrot, t'as pas bientôt fini de nous prendre pour des cons ? Moi, je vais te dire où tu les as trouvés, les fafiots. C'est dans la chambre de Béatrice Desachy !

Ça réveilla pour de bon Pierrot qui sursauta sur sa chaise :

143

– Qu'est-ce que vous me sortez, là ? Moi j'y suis pour rien dans c'te affaire !

– Ah non ? Et bien moi je crois que c'est toi l'auteur du casse Desachy. Le lendemain, t'as brusquement disparu, soi-disant pour aller chez ta mère, et tout d'un coup tu refais surface, bronzé comme si tu revenais des Bahamas et fringué comme un nabab... – Il se tourna vers son collègue Rouleau : Tu peux t'en payer des belles fringues comme ça, toi ? Moi je peux pas, c'est au-dessus de mes moyens !

– Puisque je vous dis que je l'ai trouvé, ce porte-fafiots ! Je me suis acheté les fringues avec le fric qu'était dedans. J'avais rien dans mon placard. Tout ce que j'avais, j'l'avais sur moi : un fûtal et un blouson en jean.

– Parce que tu maintiens que t'as trouvé 30.000 euros dans la rue ? Tu nous prends vraiment pour des billes. La vérité c'est qu'aussitôt après le casse t'as sauté dans un avion et tu t'es tiré en vitesse. Tu y es jamais allé voir ta pauvre mère. Tu t'es barré aussi sec avec le pognon. C'est quel jour exactement que t'es parti ?

– Le 7 février, dit Pierrot, sachant que la police pourrait facilement contrôler son passage à l'aéroport et dans les ordinateurs de la compagnie où il avait acheté son billet. – J'ai pris le train de Paris à 9h 40 à Chalon, puis l'avion de Barcelone à 14 h 15. Mais c'était pas pour me sauver, c'était juste que je partais en vacances. C'est par hasard, je vous dis, c'est tombé le lendemain du crime et voilà. La fatalité.

– Tu te tires avec un paquet de fric le lendemain du jour où on découvre un assassinat et tu veux nous faire croire que c'est une coïncidence ?

– C'est bien ça, c'est le mot : une coïncidence.

– Et comment tu y es allé, à Chalon ?

– Par le car.

– Ta place dans l'avion, tu l'avais réservée ?

144

– Non, j'ai été directement à l'aéroport. J'ai eu de la chance, y avait des places libres. J'ai pris un billet de dernière minute, ça coûte moins cher.

– Qu'est-ce que t'étais allé foutre à Barcelone ? Tu devais retrouver quelqu'un ?

– Non, non, j'étais tout seul. Mon idée, c'était de prendre le bateau pour Ibiza. J'en avais entendu parler, mais je connaissais pas.

– Tu y es allé, à Ibiza. ?

– Ben oui.

– Et qu'est-ce que t'as fait là-bas ?

– Rien de spécial, c'était des vacances.

– Tu y es resté combien de temps ?

– Quinze jours.

– Et après, t'es allé où ? Qu'est-ce que t'as foutu depuis deux mois que t'es parti ?

– Je suis resté en Espagne. J'ai été dans le sud.

– Où, dans le sud ?

– A Valence, et puis après en Andalousie. Un peu partout. Je me suis baladé.

– Ça doit coûter cher des belles vacances comme ça, remarqua Rouleau.

– C'était avec l'argent du portefeuille, comme je vous ai dit.

– C'était pas plutôt avec l'argent de ta victime, la femme que t'as étouffée ? Avec le pognon que t'avais trouvé dans sa chambre ?

– Y a rien eu de volé dans la chambre, dit Pierrot. Y avait que des babioles.

Bardin bondit :

– Comment tu le sais ? Tu y étais, alors ?

– Mais non ! Je l'ai lu dans le journal, comme tout le monde ! C'était à la première page de La Dépêche.

– Attends, intervint le commandant, t'as acheté le journal juste avant de partir ?

145

– Ben oui, pour lire dans l'avion. Je l'achète tous les matins, La Dépêche.

– Les bijoux de valeur étaient dans le coffre, d'accord. Mais elle avait peut-être de l'argent planqué, Béatrice Desachy. Une cagnotte que tout le monde ignorait, qu'elle se faisait dans le dos de son mari. Elle mettait peut-être de l'argent de côté pour son indépendance. Tu l'as trouvé et t'as mis la main dessus.

– C'est pas moi qu'a fait le casse, cria Pierrot. Vous vous trompez de bonhomme !

– C'est ce qu'on va voir, dit Bardin.

– J'y suis pour rien là-dedans, répéta Pierrot. J'ai jamais vu cette bonne femme… – Il s'arrêta, réclama de l'aspirine. L'effet du café passé, son mal de tête lui revenait. Requête accordée. On lui apporta un verre d'eau et des cachets.

– Bon, dit le commandant, reprenons. Tu sors du Calypso et tu rentres chez toi à pied en pleine nuit en regardant par terre…

– Je regarde toujours par terre. Y a toujours quelque chose à trouver.

– C'est ce que font tous les clodos.

– Je suis pas un clodo, protesta Pierrot. J'ai un domicile.

– Ouais… concéda le commandant. – Il reprit : Donc, quelques mètres plus loin, t'aperçois un portefeuille sur le trottoir…

Et l'interrogatoire continua. Les policiers, en se relayant comme dans une pièce de théâtre bien rythmée, firent plusieurs fois répéter à Pierrot tout ce qu'il avait dit, reprenant l'affaire par tous les bouts, avec l'espoir qu'il s'embrouillerait, se couperait et serait facile à confondre. Mais Pierrot tint bon, il ne démordait pas de son histoire de portefeuille. Air connu pour les policiers. A croire que les voyous qu'on pince avec des sommes importantes trouvent des portefeuilles à tous les coins de rues.

Vers une heure, pourtant, leur témoin parut pris d'un gros coup de fatigue et réclama à manger. Il n'avait rien avalé de solide depuis son réveil, depuis le moment où les flics étaient venus le tirer du lit en fanfare à six heures du mat'.

— Attends un peu, ça va venir, dit Bardin. Seulement avant faut que tu nous dises la vérité. Avoue d'abord ce que t'as fait, tu boufferas après.

Mais ils avaient faim, eux aussi. Quelques minutes plus tard, Lemay et Bardin sortirent de la pièce en laissant Pierrot sous la garde du policier Rouleau.

Ils se firent apporter deux bières et des sandwichs et s'installèrent dans le bureau voisin pour faire le point. Même sans avoir de preuves, ni encore d'aveux, tous deux étaient persuadés de la culpabilité du gars qu'il tenait. L'intuition, l'expérience. Ils en avaient connu des criminels coriaces, des types capables de tenir plusieurs heures, voire plusieurs jours sans se mettre à table. Des habiles qui savaient comment gagner du temps et feignaient de réfléchir un long moment avant chaque réponse. Des butés qui restaient obstinément muets. Des bons comédiens, certains vraiment doués, qui fatiguaient les flics en leur faisant un cirque incroyable... Et puis, au moment où on ne s'y attendait plus, ça devait être par un phénomène psychique, un retournement qui se faisait dans leur tête, tout d'un coup ils craquaient et ils déballaient tout ce qu'on voulait.

Avec le client qu'ils étaient en train de travailler, Lemay pensait que ce ne serait plus très long. Le pauvre type n'était pas difficile à percer à jour. Pour le récit de son voyage, c'était clair qu'il disait la vérité, il semblait à l'aise, les mots lui venaient naturellement. Tandis que pour son histoire de portefeuille trouvé, il hésitait, cherchait ses réponses, se reprenait, le regard fuyant.

Par acquit de conscience, Lemay fit vérifier par une collègue qu'il n'y avait pas eu de plainte concernant un portefeuille perdu à Varrèdes au début du mois de février. La jeune femme revint rapidement avec le renseignement demandé : aucune plainte pour perte ou pour vol de portefeuille n'avait été enregistrée pendant cette période. Cependant, l'absence de plainte ne suffisait pas, à elle seule, à prouver que Pierrot mentait. Il n'est pas très normal de transporter sur soi une somme aussi importante en liquide, et même si le portefeuille avait été volé ou perdu, son propriétaire, pour éviter d'attirer l'attention sur du pognon qui pouvait provenir d'un trafic illégal, aurait pu s'abstenir de porter plainte.

Leur repas terminé, Lemay et Bardin rentrèrent dans la pièce et tendirent un sandwich et une bière au policier Rouleau. Celui-ci décapsula sa bière, ôta lentement l'enveloppe de plastique de son sandwich, glissa un coin de la serviette en papier dans son col et entreprit de dévorer son jambon-beurre sous les yeux de Pierrot à moitié mort de faim.

— Bon, dit Bardin, assez rigolé. Tu nous as assez baladés. Maintenant tu vas t'allonger. Ou bien nous on va vraiment se fâcher et ça va mal se passer pour toi. Ça te dirait quatre jours de garde à vue sans rien à bouffer ?

— Vous avez pas le droit, murmura Pierrot sans conviction.

— On le prendra. On va te les faire sortir, nous, tes aveux. C'est toi qu'as tué Béatrice Desachy, on le sait.

— Vous savez rien du tout. Et j'ai droit à un avocat.

— C'est ça. Mais avant on va discuter un peu.

L'interrogatoire se poursuivit encore un moment sans succès. A un moment, Pierrot fit semblant de tomber dans les pommes. Les flics le ranimèrent à leur manière pas particulièrement délicate. Pierrot reçut quelques bourrades, qu'il encaissa, l'air sournois. Il s'obstinait à nier.

148

Tout à coup, Lemay qui l'observait attentivement pendant que Bardin et Rouleau le bombardaient de questions répétitives en le molestant, remarqua qu'il se dégarnissait assez fortement près des tempes. Ça lui donna une idée.

– On espérait des aveux, ç'aurait été plus vite, mais on sait depuis le début que c'est toi, mentit-il délibérément. Les experts ont trouvé des cheveux sur la scène de crime. Deux cheveux blondasses, exactement de la même couleur que les tiens. Ils sont au laboratoire. Reste plus qu'à comparer ton ADN.

Pierrot accusa le coup. Le commandant venait de toucher un point sensible. Si jeune, au tout début de la trentaine, il commençait à se dégarnir. Une alopécie peut-être héréditaire, il n'en savait rien, il avait à peine connu son père mort à vingt-huit ans dans un accident de chantier. Ou alors c'était à cause d'un manque de vitamines dû à sa façon désastreuse de se nourrir, à n'importe quelle heure, de viennoiseries et de hamburgers-frites. Cette chute de cheveux prématurée était une vraie souffrance pour Pierrot, son talon d'Achille. Sa figure changea brusquement et, à partir de là, la faim et la fatigue aidant, avec ces flics qui lui aboyaient après depuis des heures, il commença à s'embrouiller et à perdre pied.

Le commandant sentit qu'il était au moment crucial, celui où tout bascule.

– Allons Pierrot, reprit-il d'une voix douce, dis-nous la vérité. Tu verras, tu te sentiras mieux après. Nous, on n'est pas des brutes, on comprend les choses. Ces gens riches, qui tiennent le haut du pavé, qu'ont toujours l'air de nous narguer avec leurs voitures de luxe, leurs grandes baraques, leurs belles femmes bien habillées, le genre de gonzesses qu'on n'aura jamais, c'est vrai, ça peut paraître injuste tout ça et c'est normal de leur en vouloir quand on est pauvre, privé de toutes les bonnes choses de la vie. Et puis un jour, un coup de folie, hein, on sait pas ce qui peut arriver, on fait n'importe quoi... Elle t'avait peut-être humilié, cette femme ? Allez, vas-y, laisse-toi aller, raconte nous ce qui s'est passé dans ta tête...

– C'était pas dans ma tête, murmura Pierrot, en frottant son genou comme un garçonnet en faute.

– Comment ça, c'était pas dans ta tête, réagit aussitôt le commandant. Qu'est-ce que tu veux dire ? T'avais un complice ?

– C'est un pote, un ancien pote qu'est venu me trouver un soir au Bruxelles. Il m'a dit qu'il avait un petit boulot pour moi.

– Un petit boulot ? s'exclama Bardin. Tu zigouilles une bonne femme et t'appelle ça un petit boulot ?

– C'était pas pour la tuer. Il fallait seulement lui faire peur qu'il m'avait dit.

– C'était qui, ce pote ? demanda le commandant.

– Duchaulet, René Duchaulet il s'appelle. Il travaille comme magasinier au PRIMA.

– Un magasinier du PRIMA voulait faire peur à Béatrice Desachy ?

– Mais non, pas lui. Lui, c'était seulement un intermédiaire.

– Envoyé par qui ?

– Sur le moment, Duchaulet me l'a pas dit. Il m'a même pas dit combien ça allait me rapporter. Il m'a vaguement parlé du boulot en question et il m'a dit de réfléchir. Je devais le rappeler au PRIMA le lendemain. C'est ce que j'ai fait. J'étais à sec, j'avais plus un rond, vous comprenez, et j'avais trois mois de loyer en retard. Fallait que je trouve du pognon.

– Donc, tu lui téléphones...

– Oui, je l'ai appelé le matin et je lui ai dit que j'étais d'accord.

– Et qu'est-ce qui s'est passé après ?

– Et ben deux heures après il m'a rappelé pour m'indiquer un rendez-vous où je devais rencontrer la personne.

– Le commanditaire ?

– Voilà. Le rendez-vous c'était pour le soir même, à onze heures, à l'entrée de la forêt, derrière le Tennis de Morcerf. J'y suis allé et j'ai attendu. Et puis une voiture est venue me chercher, une grosse Mercedes grise, une sacrée bagnole, et on a roulé un peu dans le bois pour causer.

– Qui c'est qui la conduisait ?

– La personne.

– Qui, nom de Dieu ?

– Eh ben sur le moment je savais pas qui c'était. C'était quelqu'un que j'avais jamais vu. Et puis elle a commencé à parler et elle m'a dit son nom.

– Elle ? C'était une femme ?

Pierrot marqua un temps, ménageant son effet :

– Odile Desachy, annonça-t-il, la bru du vieux.

Un silence de plusieurs secondes s'abattit sur le bureau. Les policiers s'entreregardaient, sidérés.

Le moment de stupéfaction passé, « Odile Desachy, t'es sûr ? » demanda le commandant.

– Oui, c'était cette dame-là.

– Raconte-nous ça depuis le début

– Ben, j'étais au Bruxelles et Duchaulet est venu me voir…

– Pas ça, l'interrompit le commandant, le début de ta conversation avec Odile Desachy. Qu'est-ce qu'elle t'a dit ?

– D'abord elle m'a parlé de faire peur à sa belle-mère. Parce que sa belle-mère était méchante avec elle, qu'elle s'amusait à la tourmenter, qu'elle se croyait tout permis, enfin des histoires de gonzesses. Elle en avait marre et voulait se venger. Et jusque là c'était juste

151

comme m'avait dit René, qu'il s'agissait de foutre la trouille à quelqu'un, une vengeance de femmes. Bon, alors elle commence par me proposer deux mille euros pour cambrioler chez sa belle-mère, en me disant que je pourrai prendre tout ce que je voudrai dans la chambre. Puis elle fouille dans son sac et me sort un plan de l'intérieur de la maison avec le trajet que je devais suivre dessiné dessus. Et elle me dit que son beau-père serait absent pendant la nuit du 5 au 6 février, dans un hôpital de Lyon pour faire ses examens de santé, donc que sa belle-mère serait toute seule. Un truc sans risque, avec tous les renseignements que j'avais...

– Elle n'a pas été cambriolée, cette femme, elle a été assassinée... Étouffée. Et viens pas nous dire que tu l'as pas fait exprès. On a la preuve formelle que c'était volontaire. En prétendant le contraire, tu ne ferais qu'aggraver ton cas. Les experts ont pris des photos de cette malheureuse, avec la moitié de sa tête entortillée dans des bandes de scotch et le nez bouché. On les montrera à ton procès.

Pierrot ne protesta pas. Il ne se sentait plus la force de se battre. L'heure était arrivée du grand déballage. Le commandant avait raison, dire la vérité le soulageait. Il se débondait. Il se vidait comme une baignoire de son eau sale et ça lui faisait du bien.

– Mais quand je lui ai dit que c'était OK, que j'allais le faire, tout d'un coup, elle a pris un air de réfléchir. Puis elle m'a dit que si, par accident, je m'y prenais mal pour la bâillonner et que sa belle-mère y restait, et bien là c'était pas 2.000 mais 30.000 euros qu'elle me donnerait...

– Et alors c'est ce que t'as fait. Tu as assassiné cette pauvre femme pour 30.000 euros... D'après le légiste, il n'y avait pas de traces de lutte sur son corps. Comment tu t'y es pris pour qu'elle se tienne tranquille ? T'étais armé ?

152

– J'avais acheté un jouet, un revolver en plastique.
– Qu'est-ce que t'en as fait ?
– Je l'ai jeté par la fenêtre du train, je sais pas où, murmura Pierrot. – Et de nouveau, il baissa la tête.

Lemay avait d'abord cru qu'il avait agi seul, et il pouvait encore comprendre, à la rigueur, qu'un pauvre type, un traîne-savates au bout du rouleau puisse, probablement bourré, sur un coup de folie, s'en prendre à une femme de la haute, une bourgeoise fortunée, peut-être arrogante, dont l'existence était comme une insulte à son propre échec et à sa misère. Mais la larve qu'il avait devant lui, ce déchet humain qui était allé comploter avec un membre de la famille pour assassiner une femme sans défense alors qu'elle se croyait en sécurité et se reposait tranquillement dans sa chambre, l'écœurait.

Il lui fit répéter son histoire en l'obligeant à préciser quelques points, puis coupa court :

– Et bien maintenant, tu vas aller raconter tout ça au juge. – Allez, ordonna-t-il à Rouleau, file un sandwich à ce salopard et fous-le dans la cage.

Pierre Balut au frais en attendant de comparaître devant le juge d'instruction, ce fut le tour de René Duchaulet de se faire cueillir par la police, sur son lieu de travail. Les policiers s'étaient fait conduire jusqu'à la réserve du PRIMA par un vigile qui s'arrêta sur le pas de la porte et leur désigna du geste un homme pas spécialement grand, mais costaud, occupé à empiler des caisses sur une palette.

René Duchaulet n'eut pas l'air étonné de les voir. En apprenant la mort de la belle-mère Desachy par le journal, il avait eu une sacrée peur. Il croyait avoir aidé à une petite vengeance de rien du tout, une mauvaise blague, et il se retrouvait complice d'un assassinat ! Il venait de passer quelques pénibles semaines à

153

s'inquiéter, sans pouvoir se confier à personne, et surtout pas à sa femme, s'attendant tous les jours à voir surgir des policiers venus pour l'arrêter.

Il gara sa palette le long d'une étagère et les suivit sans discuter au commissariat où il fut directement introduit dans le bureau du commandant, impatient de lui faire confirmer les déclarations de Pierrot. Tout en émaillant son récit de protestations d'innocence, Duchaulet ne fit pas de difficultés pour raconter son histoire.

Alors, voilà. Il connaissait Odile Hernut, enfin Odile Desachy, depuis longtemps. Il l'avait même connue avant son mariage. C'était la fille du directeur du supermarché et il la voyait de temps en temps quand il allait dans le pavillon de la famille pour rendre des services à Madame Hernut. Quelquefois c'était pendant ses heures de travail normales que la femme du directeur l'appelait, mais d'autres fois c'était le soir ou le samedi et là Monsieur Hernut lui comptait son temps en heures supplémentaires. C'était intéressant pour lui parce que ça arrondissait ses fins de mois. D'autres fois, Odile venait faire des courses pour sa mère dans le magasin et alors il l'aidait à faire ses achats et à vider son caddy dans le coffre de sa voiture.

Ensuite, quand elle avait été mariée, c'était souvent lui qui livrait la caisse d'aliments que son père lui faisait porter toutes les semaines. Et puis, quelques mois après le remariage de son beau-père, quand elle avait été obligée de quitter la grande maison pour aller vivre avec son mari dans une villa plus petite, il l'avait aidée à s'installer. Déjà, à ce moment-là, elle s'était un peu plainte à lui de la nouvelle femme du beau-père, en tous cas ça se voyait qu'elle en avait gros sur le cœur. Par la suite, comme il était habile de ses mains, Odile avait pris l'habitude de l'appeler pour lui demander des petits travaux, exactement comme il le faisait chez sa mère.

Bon, il y a un peu plus de deux mois, c'était vers la fin de janvier, voilà qu'elle vient le trouver à la réserve. Elle avait un grand service à lui demander. Tout en lui expliquant ce qu'elle attendait de lui, elle s'était mise à pleurer. C'était encore sa belle-mère. Cette méchante femme lui faisait la vie impossible. D'après elle, c'était clair que l'autre lui voulait du mal, qu'elle faisait tout pour la rendre malade, peut-être même qu'elle essayait lentement de la tuer. Odile n'en dormait plus. Mais elle ne voulait pas en parler à ses parents pour ne pas les inquiéter, et de toute façon ils n'auraient rien pu faire. Elle s'était bien plainte à son mari, mais Albin ne l'écoutait pas, et surtout il ne voulait pas déranger son père qui était fragile du cœur. C'est pour ça qu'elle était venue le voir, il était le seul à qui elle pouvait parler. Elle voulait faire quelque chose pour démoraliser sa belle-mère, arrêter ses manœuvres. Lui, naturellement, il lui avait demandé comment il pouvait l'aider. C'était pas pour l'argent, il pensait pas du tout à l'argent à ce moment-là, c'était juste que ça lui faisait de la peine de voir cette jeune femme désespérée comme ça. Ces gens riches, hein, on croit qu'ils sont heureux et tout, et puis en réalité…

Alors, pour finir, Odile lui demande s'il connaît quelqu'un capable de faire peur un bon coup à l'autre bonne femme pour qu'elle la laisse enfin tranquille. Lui, René, il n'avait jamais levé la main sur une femme et il ne s'en ressentait pas pour aller secouer la belle-mère. Il lui répond qu'il va réfléchir, qu'il va chercher quelqu'un, et là, Odile lui dit qu'elle lui donnera mille euros pour sa peine. Mille euros ! Presque autant que son salaire mensuel ! Et ça tombait bien, parce qu'on sortait des fêtes de fin d'année et qu'il était à sec.

C'est là qu'il a pensé à Pierrot qu'était pas bien épais et qui risquait pas de causer trop de mal. Il s'agissait juste d'effrayer la dame, hein, pour qu'elle laisse sa belle-fille tranquille.

Donc, il va le trouver au Bruxelles, son bistrot habituel, pour lui exposer l'affaire. Et Pierrot qu'était complètement raide à ce moment-là dit qu'il est d'accord pour rencontrer la bru. Alors, René téléphone à Odile Desachy et il retourne voir Pierrot pour lui indiquer le lieu et l'heure du rendez-vous.

Après ça, Odile lui avait donné les mille euros et il ne s'était plus du tout occupé de l'affaire. Il n'avait jamais su ce qu'ils s'étaient dit, ce qu'ils avaient décidé entre eux quand ils s'étaient vus. Et quelques jours après il avait appris la mort de la belle-mère par le journal... Mais, lui, il y était pour rien, dans l'assassinat. Tout ce qu'il avait fait, c'était d'aller parler à Pierrot puis de lui transmettre un rendez-vous.

Le commandant, qui n'était pourtant pas d'un naturel confiant, le crut. Deux décennies d'expérience dans la police lui avaient appris à lire dans le regard d'un homme. Et puis son histoire corroborait celle de Pierrot. Ce brave couillon sans casier, inconnu des services de police, nanti d'une épouse postière et de deux enfants et qui s'escrimait à trimballer des caisses de boîtes de conserve pour un salaire à peine supérieur au Smic, il ne le voyait pas se mouiller dans un assassinat. Ce n'était qu'un pauvre homme animé d'une bonne volonté vague, d'un sentiment de compassion mal placé. La connerie, quoi.

Vu la gravité de l'affaire, naturellement, René Duchaulet devait être entendu par le juge d'instruction. Le commandant le fit donc placer lui aussi en garde à vue, mais à l'écart de Pierrot afin qu'ils ne puissent pas communiquer.

Chapitre 6

Pierre Balut comparut le premier devant le juge Guillemet. Après ses aveux, obtenus assez facilement puisqu'en somme il n'y avait fallu qu'une matinée, les policiers craignaient qu'il ne se rétracte, mais il répéta exactement devant le juge ce qu'il avait raconté au commissariat.

A savoir que son copain Duchaulet était venu le trouver un soir de la fin janvier au Bruxelles pour lui proposer une affaire, laquelle consistait à aider une jeune femme de sa connaissance, Odile Desachy, la fille du directeur du PRIMA, que la deuxième femme de son beau-père maltraitait. Il s'agissait de bousculer un peu la belle-mère, sans bien sûr nommer la bru, seulement en lui disant de se tenir tranquille et d'arrêter d'embêter les gens. Elle comprendrait bien toute seule d'où ça venait.

Donc, c'était pour ce petit boulot pas bien méchant que Pierrot avait répondu qu'il était partant. Mais, une fois en présence de la dame, il avait vite compris qu'elle en demandait plus. Déjà, au lieu de simplement secouer la belle-mère, elle avait commencé par lui parler de cambrioler sa chambre. Elle était prête à lui payer deux mille euros pour ça. Mais, sitôt l'accord de Pierrot obtenu, elle avait embrayé sur quelque chose de bien plus sérieux. Elle lui avait dit, texto, que si « par accident », la femme de son beau-père ne survivait pas au cambriolage, elle lui donnerait trente mille euros…

A cet instant, le magistrat l'avait interrompu : « Et là encore, vous étiez partant ? »

– J'étais dans la merde, Monsieur le Juge, j'avais même plus de quoi bouffer. Elle m'a embobiné, cette bonne femme. J'avais dû me charger pour faire le travail, je savais plus ce que je faisais.

– Vous charger ?

– J'avais bu.

– Mais la personne qui vous a fait monter dans sa voiture pour vous faire cette proposition, vous êtes certain que c'était Odile Desachy ?

– C'est elle-même qui m'avait dit son nom. Bien obligée, c'était pour quelqu'un de sa famille…

Bien que conservant son sang-froid, impassible en apparence, le juge Guillemet était abasourdi. Odile Desachy, la bru de Victor ! Une femme de son monde qu'il avait plusieurs fois rencontrée dans des soirées, avec laquelle il avait dîné chez Aline, la sœur du maire, et dans beaucoup d'autres maisons de la bonne société varredoise. Pour autant qu'il s'en souvenait, c'était une jeune femme au physique ordinaire, aux manières convenables, peu loquace. Elle lui avait fait l'effet d'une personne renfermée, sans beaucoup de caractère. Comme dit le proverbe, méfions-nous de l'eau qui dort…

– Et alors vous avez préparé l'affaire avec votre complice. Comment s'appelait-il déjà ?

– René Duchaulet. Mais il était pas complice. C'est comme je vous ai dit, Monsieur le juge, il a juste fait l'intermédiaire et il croyait que c'était seulement pour faire peur. C'est cette salope qu'est venue pleurer dans son gilet et qui l'a emmené en bateau. C'est un bon cœur, René, tout ce qu'il a fait, c'est d'essayer de rendre service.

– Comme vous le défendez... Vous êtes donc amis votre copain et vous ? s'étonna le juge, qui se serait plutôt attendu à voir deux malfrats s'accabler l'un l'autre.

– On se voit plus très souvent. Il a son boulot et il est marié. Mais oui, c'est un bon copain. On s'est connus il y a quinze ans et il a toujours été comme un grand frère pour moi. Quand j'étais en prison, c'est le seul qu'est venu me voir. Même ma mère ça lui faisait honte de venir là. Tout ça, tout ce qu'est arrivé, vous pouvez me croire, c'est à cause de cette tordue, Odile Desachy, la femme du fils Desachy. C'est elle qu'a tout manigancé.

– Donc, reprit-il, vous avez fait le « travail », comme vous dites, et Madame Desachy vous a remis trente mille euros.

– C'est ça. Le matin, on a découvert la belle-mère, et le soir je lui ai téléphoné et elle m'a donné rendez-vous à minuit et demie devant chez elle, au 137 avenue de France. Quand elle m'a vu arriver, elle est sortie de la maison en robe de chambre, ou avec un manteau sur sa chemise de nuit, je m'en rappelle plus, et elle m'a tendu l'enveloppe avec l'argent à travers la grille en me disant de déguerpir de Varrèdes en vitesse. Je me suis pas fait prier. Le lendemain matin, j'ai attrapé le train de Chalon pour Paris et de là, j'ai filé direct à l'aéroport et j'ai pris un avion pour l'Espagne.

Tout en l'écoutant, le juge Guillemet se disait que l'homme qui était devant lui était moins bête qu'il n'en avait l'air. Sans même demander l'assistance de l'avocat auquel il avait droit, il avait trouvé tout seul sa ligne de défense, qui serait probablement celle adoptée par

159

l'avocat commis d'office lors de son procès : un homme naïf et dans la misère manipulé par une riche bourgeoise.

Le magistrat qui avait trois affaires en cours ne jugea pas utile de prolonger l'entretien. Ses aveux recueillis et dûment enregistrés par la greffière, il pria Pierre Balut de signer sa déposition et fit comparaître son complice dans la foulée.

L'audition de René Duchaulet n'apporta rien de plus. Il confirma qu'il avait joué un rôle d'intermédiaire mais sans savoir pour quoi au juste. Il croyait qu'il s'agissait seulement de donner une bonne leçon à la belle-mère, de simuler une agression, par exemple dans un parking quand elle venait de garer sa voiture, ou bien un matin pendant qu'elle faisait son jogging dans le bois.

Tout en essayant de s'expliquer, il levait sur le juge des yeux incrédules, stupéfait d'avoir, sans le vouloir, joué un rôle dans un assassinat, de l'épouvantable pétrin dans lequel il s'était fourré. Le pauvre homme semblait prendre la mesure de sa bêtise et des conséquences dramatiques qu'elle aurait.

Brusquement, il se frappa la tempe de son poing et se mit à gémir : « *Qu'est-ce que j'ai fait... mais qu'est-ce que j'ai fait... Ma pauvre Nelly... qu'est-ce qu'elle va devenir toute seule avec les enfants... avec un seul salaire et les traites du pavillon à payer... Et la honte pour mes parents... pour mes garçons...* ». Il demanda pardon, des larmes coulaient sur ses joues. Jamais le juge Guillemet n'avait vu quelqu'un se déliter à ce point en face de lui.

Il plaça les deux hommes en détention provisoire, bien entendu séparément. Pierre Balut fut expédié à la Maison d'Arrêt d'Auxerre, dont il avait déjà été pensionnaire. Et Duchaulet dans celle de Chalon, la plus proche de Varrèdes. Un geste de compassion : ainsi son épouse pourrait le visiter plus facilement.

Cela fait, le juge d'instruction appela le commandant Lemay et, après un point rapide sur l'affaire, il délivra au policier un mandat d'amener contre Odile Desachy avec ordre de la déférer directement dans son cabinet.

Le lendemain, c'était le jeudi 12 avril, le commandant Lemay se présenta, en compagnie du lieutenant Bardin, au domicile d'Albin et Odile Desachy. Il était dix heures, une heure décente. Il n'avait aucune raison de cueillir l'épouse Desachy à l'aube, en plein sommeil. Elle ignorait que Pierrot avait refait surface et qu'il était déjà sous les verrous, tout comme le magasinier du PRIMA, et elle devait dormir sur ses deux oreilles, bien loin de s'attendre à une visite de la police. Au demeurant, même si le commandant ne la croyait pas innocente de ce dont Pierrot l'accusait, il n'en avait pas la preuve : rien de plus que les déclarations d'un petit voyou.

Ce fut Albin Desachy qui leur ouvrit la porte, dans une élégante tenue matinale : pantalon de tweed et pull irlandais torsadé. Reconnaissant le policier qui les avait déjà interrogés lui et sa femme en qualité de parents de la victime, son visage s'éclaira :

– Oh, bonjour commandant ! Entrez, je vous prie.

Ayant refermé la porte, il précéda les deux policiers jusqu'à un séjour un peu trop richement meublé : bois précieux verni, appliques et vases de cristal brillant de tous leurs feux dans le soleil printanier qui baignait la pièce. Un cadre clinquant. L'intérieur du fils, décorée par son épouse, avait moins de classe que celui du père.

– Alors, s'informa-t-il d'un air optimiste, vous avez du nouveau ?

Considérant l'homme détendu et souriant qui les accueillait, Lemay se demanda s'il était au courant des agissements de sa femme. Après tout, il était le premier bénéficiaire de l'assassinat de la seconde femme de son père. Celle-ci éliminée, l'héritage paternel lui revenait en totalité, à lui, le fils unique et légitime.

– Le juge d'instruction a besoin d'un supplément d'information, déclara le commandant. Il aurait quelques questions à poser à votre épouse.

– Ah bon ? A mon épouse ?

– Oui. C'est au sujet de votre belle-mère. – Devant l'expression étonnée du mari, le commandant poursuivit : Il va sûrement lui demander de se rappeler des détails, des choses que la victime aurait pu lui confier. Elles appartenaient à la même famille, il est probable qu'elles se faisaient des confidences.

– C'est que je ne sais pas si Odile est visible, répondit Desachy avec embarras, elle est encore dans sa chambre. Le juge ne pourrait-il pas lui fixer un rendez-vous ? Cet après-midi, par exemple ? Je suppose que c'est toujours le juge Guillemet qui est en charge de l'affaire ? C'est un ami, enfin une de nos relations.

– Faites-la appeler, lui intima le commandant.

Odile Desachy descendit cinq minutes plus tard, elle aussi dans une tenue décontractée : jean et pull de cachemire. Elle apparut à Lemay comme une jeune femme assez lourde, déjà un peu empâtée ce qui lui faisait paraître plus que ses trente et un ans. Quelques semaines plus tôt, quand Lemay avait reçu les deux époux au commissariat, il n'avait pas remarqué ce début d'embonpoint parce qu'elle était restée engoncée dans un épais manteau d'hiver, jugeant sans doute le bureau mal chauffé. Pendant toute l'entrevue, elle n'avait presque rien dit, du moins rien de significatif, se contentant de hocher la tête pour approuver son mari, ou de répondre par monosyllabes quand le policier l'interrogeait directement.

– Ma chérie, ces messieurs m'informent que le juge d'instruction voudrait t'entendre à propos de Béatrice.

162

Odile eut l'air surpris :
– Là, tout de suite ? dit-elle en dévisageant les deux policiers.
– C'est apparemment urgent. Ne t'inquiète pas, le juge qui instruit l'affaire est notre ami François Guillemet. Il a juste besoin de précisions.
– Mais j'ai déjà dit tout ce que je savais à la police.
– Guillemet veut sans doute te poser quelques questions supplémentaires. Ne t'inquiète pas, lui répéta son mari, ça ne devrait pas durer très longtemps. Tu seras rentrée pour déjeuner.

Encore une fois, Lemay se demanda si le fils Desachy était sincère ou s'il jouait habilement la comédie.

De mauvaise grâce, Odile remonta s'habiller dans sa chambre. Elle en redescendit chaudement vêtue d'un pantalon de flanelle et d'un pull à col roulé, d'un ample manteau de lainage, d'une paire de bottillons fourrés à talons plats. Une tenue hyper confortable, un peu trop chaude pour la saison, comme si elle s'attendait à être placée en garde à vue. Si elle devait passer la nuit sur le bat-flanc d'une cellule, ses bottillons lui tiendraient chaud aux pieds, tandis que son manteau lui servirait de couverture. Lemay n'aurait pas été étonné qu'elle ait dissimulé des objets de toilette dans son grand sac à main.

Après un « A tout à l'heure » machinal, elle enfila une paire de gants de cuir doublés de mouton, elle aussi un peu trop hivernale pour un matin d'avril, et suivit les policiers. Sur le pas de la porte, Lemay jeta un dernier coup d'œil à l'époux. Il lui trouva une expression pensive, difficile à déchiffrer.

A l'entrée d'Odile Desachy dans son cabinet, le juge Guillemet l'accueillit par un froid : « Bonjour Madame. Asseyez-vous, je vous prie », de nature à lui faire

163

comprendre dès l'abord que l'heure n'était pas aux échanges amicaux ni aux mondanités. Elle ravala le « Bonjour François » qu'elle s'apprêtait à prononcer, et obtempéra sans mot dire.

Le juge remua quelques feuilles du dossier qui était devant lui puis le referma et plongea un regard sévère dans celui d'Odile :

– Vous savez pourquoi vous êtes là ?

– Pour parler de ma belle-mère, à ce qu'on m'a dit ? répondit-elle en désignant du menton le commandant Lemay qui avait obtenu la permission d'assister à l'entretien et, silencieux mais plein de curiosité, se tenait discrètement dans un coin du bureau sans perdre une miette de ce qui se passait.

– Que pensiez-vous d'elle ? Vous la décririez comment ?

Un silence d'au moins cinq secondes s'installa dans la pièce. Odile prenait son temps. Déjà guère bavarde, d'un tempérament introverti (c'était toujours une épreuve pour elle quand elle devait s'exprimer devant plusieurs personnes – et ça lui était à peine plus facile en tête à tête, que ce soit avec sa mère, avec son mari ou avec une amie), la situation particulière dans laquelle elle se trouvait, coincée entre trois cerbères – le juge, qui semblait avoir oublié qu'il était un ami de la famille, la greffière au visage fermé prête à noter chaque parole qui tomberait de sa bouche et le policier qui se tenait à l'écart mais ne la quittait pas des yeux – l'incitait à se tenir encore plus sur ses gardes. C'était plus que jamais le moment de peser ses mots.

Si Odile n'avait pas l'esprit vif, elle était pourtant loin d'être sotte. Elle se disait que si la police, après deux mois d'enquête, n'avait encore rien trouvé, il y avait peu de chances qu'ils aient brusquement mis la main sur un nouvel élément, une preuve définitive contre elle. Elle pensait que Pierrot était parti, et que Duchaulet, même

164

dépassé par les conséquences tragiques de l'affaire à laquelle il avait participé (sans oublier qu'il avait reçu de l'argent pour ça), même bourrelé de remords, étant marié et père de deux enfants ne risquait pas d'aller se dénoncer de lui-même à la police.

Tout en pressentant qu'on allait la soumettre à un interrogatoire sérieux, Odile supposait que la police et la justice recommençaient simplement leurs investigations par le début. Et comme le projet de partage de l'héritage de Victor avec sa deuxième épouse était connu des policiers – connu de toute la ville, en fait –, il était logique qu'ils reprennent leur enquête en focalisant leur attention sur la famille proche, les héritiers légitimes. Elle était la première à passer sur le gril et voilà tout.

– Que voulez-vous que je vous dise, finit-elle par répondre, c'était la femme de mon beau-père.

– Mais sa personnalité ? Son caractère ?

Elle parut s'animer un instant :

– Et bien ma belle-mère avait un caractère plutôt diff…, commença-t-elle. – Mais elle se reprit : Béatrice avait son caractère, comme tout le monde.

– Vous vous entendiez bien avec elle ?

– Assez bien dans l'ensemble.

– Il vous arrivait de vous disputer ?

– Pas vraiment. On avait des petits désaccords.

– A quel sujet ?

– Oh, sur des choses sans importance. Des conflits normaux entre une belle-mère et sa bru. Le lendemain, c'était oublié.

– Mais tout de même, reprit le juge, au début de votre mariage, vous habitiez bien la maison de votre beau-père ? Et puis peu après le remariage de celui-ci et l'arrivée de la nouvelle Madame Desachy et de son fils, vous êtes partie vous installer dans une autre propriété ?

Odile s'empourpra. Le juge avait touché juste, il venait de rouvrir une blessure.

165

– ... La demeure de Victor Desachy est pourtant vaste, continua-t-il, il y avait de la place pour tout le monde dans cette grande maison. Ça n'avait pas marché, la cohabitation ?

– C'était mieux comme ça, souffla Odile. Chacune chez soi.

– Au bout de combien de temps êtes-vous partie ?

– Quelques mois.

– Elle vous menait la vie si dure que ça, la nouvelle épouse de votre beau-père ?

Odile répondit de nouveau par un silence.

Le juge qui était père de trois filles, toutes trois mariées à présent, n'était pas sans avoir une certaine expérience des femmes :

– Vous la trouviez trop autoritaire ? suggéra-t-il. Après tout c'était elle la nouvelle maîtresse de maison, peut-être voulait-elle tout régenter et ne vous laissait-elle plus assez d'initiative ? C'était quoi le problème ?

– Rien de spécial, lâcha Odile d'une voix sourde.

– Allons, Madame, réagit rudement le juge, n'oubliez pas que vous vous adressez à la justice. Vous avez le devoir de dire la vérité.

– Je vous l'ai dite, la vérité, nous avions des petites disputes. Mais c'était assez rare. C'était plutôt des tensions, des choses qu'on pensait sans les dire.

– Mais ça peut être bien pire que des disputes, cela, les non-dits, un ressentiment remâché pendant des années, ça peut générer une véritable haine.

– Mais non, protesta faiblement Odile. Ça n'allait pas jusque-là. Visiblement mal à l'aise, elle sortit un mouchoir de son sac et fit semblant de se moucher.

Le juge estima le moment venu d'abattre une carte :

– Eh bien moi, ce que je crois, c'est que vous haïssiez votre belle-mère. Et je sais exactement pourquoi. C'est parce qu'elle avait pris la première place au sein de la famille. La place qui était la vôtre depuis votre mariage avec Albin Desachy. A peine arrivée, elle avait entrepris de vous pousser dehors. Et d'abord de la grande chambre que vous occupiez avec votre mari, contiguë à une splendide salle de bain. La chambre des maîtres. Et du jour au lendemain vous vous étiez retrouvée dans une chambre médiocre, flanquée d'une salle d'eau vétuste et incommode. Première humiliation.

– Comment vous savez ça ? s'étonna Odile.

– C'est Louise Maheu, la cuisinière de la famille, qui nous a rapporté ce détail. Un détail qui n'en était pas un pour vous. Il paraît que vous l'aviez très mal pris, que vous étiez fort en colère.

– Oh, Louise, elle n'appréciait pas beaucoup Béatrice non plus…

– Et ensuite, Madame Maheu a été le témoin de nombreuses autres humiliations. – Le juge rouvrit son dossier, en tourna quelques pages, trouva le rapport du commandant dont il parcourut un paragraphe des yeux : Par exemple, le jour où votre belle-mère avait dénigré et dispersé les aliments que votre père vous faisait aimablement livrer chaque semaine. Cette scène odieuse dans la cuisine, je suis sûr que vous vous en souvenez. C'était votre père qu'elle insultait là, elle se montrait blessante pour les vôtres. Elle s'était permis d'attaquer votre famille.

Ce souvenir cuisant sembla réveiller Odile qui exprima pour la première fois son ressentiment à voix haute et claire :

– Et bien oui, elle était comme ça, ma belle-mère que voulez-vous. Ce n'était pas quelqu'un d'aimable.

– Vous ne la regrettez pas, alors ?

– Personne ne la regrette, répliqua-t-elle imprudemment

– Son fils la regrette, la corrigea sévèrement le juge. Et sans doute aussi son mari.

– Victor ? Je ne sais pas, dit Odile.

167

– Mais il y a plus grave. J'ai également appris qu'elle s'ingéniait à vous blesser en public parce que vous ne pouviez pas avoir l'enfant que votre beau-père espérait. Et elle en avait un, elle, un beau petit garçon, qui mettait de la gaîté dans la maison, qui apportait de la joie à votre beau-père et qui était là comme un rappel constant de votre frustration et de votre souffrance.

– Il est très mignon, Damien, il n'a rien à voir dans tout ça, protesta Odile. C'est vrai que j'aurais bien voulu avoir un enfant. J'aime les enfants, moi, et quand nous habitions ensemble, je m'entendais très bien avec le petit, on s'amusait souvent tous les deux. Ce qui était bizarre, chez Béatrice, c'est qu'elle m'agressait sans raison, on aurait dit que ça lui faisait du bien me blesser.

– C'est peut-être vous qui le ressentiez comme ça.

– Non, on aurait dit qu'elle me faisait du mal pour le plaisir. C'est difficile à expliquer.

Mais le juge Guillemet n'avait pas besoin d'explications, il comprenait parfaitement. En trente ans de carrière, il avait quelquefois rencontré de ces personnes, souffrant au fond d'un manque d'estime de soi, qui, à défaut d'être aimées, appréciées, affirmaient leur pouvoir sur les autres en leur infligeant des blessures incompréhensibles, sidérantes pour la victime qu'elles s'étaient choisie. Ne se sachant pas estimables, pour exister, compter pour quelque chose, il leur fallait faire mal, il leur fallait faire peur.

Il imaginait très bien Odile et Béatrice, deux femmes issues d'un milieu modeste, qui avaient accédé au statut de bourgeoise sans en avoir ni la mentalité ni la culture, face à face dans cet univers privilégié. Contrairement aux apparences, c'était Béatrice, née dans une famille très déshéritée et qui n'avait pas reçu d'éducation, la plus fragile. Et c'était elle qui ressentait le plus le besoin de s'affirmer, et qui devait donc annihiler, *pétrifier* l'autre.

– Alors, reprit-il, avec toutes ces mauvaises manières qu'elle vous faisait, reconnaissez que vous aviez toutes les raisons de la haïr, votre belle-mère ?

– Admettons. Admettons que je ne l'aimais pas, s'impatienta Odile. Quel rapport avec son assassinat ? Vous ne croyez quand même pas que c'est moi qui l'ai tuée ?

– Si, résuma le juge, c'est ce que je crois. Nous avons toutes les raisons de le penser.

– Et comment j'aurais fait ça ? répondit Odile, s'imaginant encore qu'il bluffait

– C'est ce que vous allez nous dire.

– Je n'ai rien à dire. Je ne sais même pas ce que je fais ici. J'ai droit à un avocat. Il faut que j'appelle mon mari.

Le juge poussa le téléphone devant elle. Elle avança sa main, la retira, puis se décida enfin à décrocher. Lemay qui l'observait avec attention, enregistrait chacun de ses gestes, retira de ce bref instant d'hésitation l'impression fugitive qu'Albin n'était pas au courant des initiatives

de sa femme. Ce n'était pas le mouvement spontané d'indignation d'une innocente qui appelle son mari à l'aide. Et pas non plus le geste déterminé d'une coupable prévenant son complice que les choses devenaient sérieuses et qu'il allait falloir se défendre. Cette hésitation qu'elle avait eue au moment d'appeler, c'était plutôt la reculade d'une femme sur le point d'apprendre à son époux un acte grave qu'elle avait commis et qu'il ignorait encore.

A moins qu'Albin n'ait menti à tout le monde en prétendant qu'il avait pris son parti du partage et préparé en secret l'assassinat de sa belle-mère... Mais le commandant en doutait, cette façon retorse de se comporter ne cadrait pas avec le portrait que les différents témoins lui avaient fait du fils Desachy.

– Albin ? Je ne comprends pas ce qui se passe, dit Odile quand elle eut son mari au téléphone, je suis toujours dans le cabinet du juge. J'ai besoin d'un avocat.

Il dut y avoir une réaction de surprise au bout du fil car elle insista :

– Si, si, il me faut un avocat. – Elle ajouta, évasive : Ils ont l'air de me soupçonner de je ne sais quoi... Envoie-moi quelqu'un. Dis à ton avocat de venir tout de suite.

Nouvelle réaction embarrassée du mari. Apparemment, Albin Desachy ne connaissait pas d'avocat pénaliste, il n'avait jamais eu besoin d'un conseil de ce genre.

– Débrouille-toi pour en trouver un, s'énerva Odile. Je l'attends.

A présent, pour la justice, il n'y avait plus de temps à perdre. Il s'agissait de faire parler celle qui n'était encore que « témoin » avant l'arrivée de l'avocat qui, inévitablement, allait lui conseiller de se taire.

A la différence de François Guillemet, le commandant ne connaissait pas personnellement Odile Desachy, il n'avait pas de relation avec sa famille, rien qui puisse le freiner dans la conduite d'un interrogatoire. Après avoir d'un regard demandé au juge la permission d'intervenir, délibérément, il explosa :

– A présent, Madame, ça suffit ! Nous savons que vous êtes l'instigatrice de l'assassinat de votre belle-mère. Nous en avons la preuve.

– Quelle preuve ? se rebiffa Odile, frappée par la violence du ton. Vous ne pouvez pas avoir de preuve puisque je n'ai rien fait !

– Nous avons arrêté vos complices Pierre Balut et René Duchaulet. Ils ont tout avoué et sont sous les verrous, lui asséna Lemay.

Odile accusa le choc. Sa bouche s'entrouvrit, ses yeux légèrement globuleux s'exorbitèrent un peu plus. Puis ses pupilles noires se rétrécirent jusqu'à la taille d'une tête d'épingle :

– Pierre Balut ? s'écria-t-elle avec colère. Je ne sais même pas qui c'est. Je ne connais personne de ce nom !

– Lui vous connaît très bien. Vous lui avez offert trente mille euros pour qu'il étouffe votre belle-mère.

– Des conneries, trancha-t-elle grossièrement, des mensonges de voyou !

Impitoyables, le juge et le commandant lui résumèrent l'affaire telle que Pierrot et Duchaulet la leur avait rapportée. Sa conversation avec le magasinier du PRIMA. Sa rencontre nocturne avec Pierrot derrière le tennis de Morcerf. Leur marché sordide, sur un sentier forestier, dans l'habitacle de sa voiture. La façon dont elle l'avait payé le lendemain du crime, à minuit, à travers la grille de sa propre maison.

– Ça ne tient pas debout, s'obstina Odile contre l'évidence. Des inventions. Je n'ai rien à voir là-dedans.

– Et votre conversation avec René Duchaulet, il l'a aussi inventée ? Allez vous nier que vous lui avez offert mille euros pour qu'il vous trouve un homme de main ?... Le pauvre, observa le juge, vous n'aviez pas honte de le manipuler ? De trahir la confiance d'un employé de votre père, un brave type toujours prêt à vous rendre service à vous et à votre mère ?

Nouveau silence, d'au moins une minute cette fois. Le juge et le policier se demandaient ce qui pouvait bien se passer derrière ce front buté, barré soudain d'une ride soucieuse. Ils commençaient à craindre qu'Odile Desachy n'ait pris le parti de gagner du temps en attendant l'arrivée de l'avocat et de ne plus pouvoir en tirer un mot. Mais après cette longue minute de réflexion, saisissant assez habilement la perche que le juge lui tendait, elle retrouva l'usage de la parole :

– Je vais vous la dire, la vérité, déclara-t-elle d'une voix décidée, en évitant toutefois de croiser le regard de son interlocuteur, Duchaulet n'a pas menti. Les choses se sont bien passées comme il l'a dit. C'est vrai que je lui ai demandé son aide, mais c'était seulement pour faire peur à Béatrice, pour qu'elle cesse de s'en prendre à moi.

– En résumé, selon vous, vous vouliez seulement que quelqu'un moleste un peu votre belle-mère, lui fasse comprendre sous la menace qu'elle avait intérêt à vous laisser tranquille ?

– Oh, la menace, c'est un grand mot. Il s'agissait simplement de l'impressionner. Qu'elle se rende compte que je n'étais pas une cible aussi facile qu'elle l'imaginait.

– Votre mari était-il au courant de votre démarche ?

Odile secoua négativement la tête :

– Il m'en aurait empêchée.

– Vous ne vous étiez pas plainte à lui de votre belle-mère ? Vous ne lui aviez pas parlé des humiliations qu'elle vous infligeait ?

– Si, j'avais bien essayé de lui en parler, mais il n'y avait pas attaché d'importance. Les hommes ne comprennent rien à ces choses-là. Pour eux, ce ne sont que des histoires de femmes, des bêtises. Il n'aurait pas levé le petit doigt.

– Mais enfin vous ne viviez plus sous le même toit que votre belle-mère depuis longtemps, elle n'avait plus vraiment la possibilité de vous empoisonner l'existence.

– On se voyait souvent. Nous déjeunions tous les dimanches midi chez mon beau-père, puis on passait tout l'après-midi ensemble. Et il y avait les dîners en ville, les sorties en famille. Elle était insupportable, cette femme. Elle ne ratait pas une occasion de me blesser, de m'humilier devant tout le monde.

– On dirait que vous ne la portiez pas dans votre cœur...

172

– Ma belle-mère ne faisait rien pour se faire aimer.

Alerté par les premiers tiraillements de son estomac, le juge consulta discrètement sa montre. Il était un peu plus de treize heures. Il se demanda s'il allait suspendre son interrogatoire pour aller se restaurer ou bien, puisque qu'Odile Desachy avait fait un pas dans la voie des aveux, s'il était préférable de pousser son avantage avant qu'elle ne se reprenne et change d'avis.

Deux coups frappés à la porte résolurent son dilemme. L'avocat dépêché par le mari entrouvrit et pénétra sans bruit dans la pièce.

– Ah, maître Corbier, s'exclama ironiquement le juge en reconnaissant le jeune avocat, un blanc-bec frais émoulu de la fac de Droit auquel il avait déjà eu deux ou trois fois affaire, vous arrivez à point. Justement, nous avions terminé. Nous retenons votre cliente dans l'attente des confrontations mais vous allez pouvoir vous entretenir un moment avec elle. – Et s'adressant au commandant : Vous déjeunez avec moi ? Je pense qu'il ne serait pas inutile de bavarder un peu.

Un quart d'heure plus tard, le juge Guillemet et le commandant Lemay poussaient la porte du Homard Bleu, le meilleur restaurant de Varrèdes. Le moins qu'on puisse dire est qu'ils firent une entrée remarquée. Les conversations cessèrent brusquement, le cliquetis des couverts s'interrompit. Les notables, les hommes d'affaires et les élus locaux qui composaient l'assistance en étaient restés la fourchette en l'air.

Que pouvait bien signifier l'apparition publique des deux hommes les premiers concernés par l'affaire dont la ville bruissait depuis plusieurs semaines ? L'enquête avait-elle avancé ? Le crime était-il en passe d'être résolu ?

173

Avec un visage impénétrable, le juge et le policier suivirent le maître d'hôtel jusqu'à leur table. En chemin, on leur adressa de loin des saluts, des petits signes de reconnaissance. La curiosité était palpable. Guillemet souriait dans sa barbe, pas mécontent de faire mariner ces gens qui, depuis le début de l'enquête, ne se privaient pas de gloser sur l'incapacité de la justice et de la police.

Il lut la carte en prenant son temps, de l'air d'un homme parfaitement détendu dont le principal souci était la composition de son menu.

— Soupe de poisson et raie au beurre noir, dit-il au serveur. Avec beaucoup de câpres, précisa-t-il à voix haute, j'adore les câpres.

— Pour moi aussi, soupe de poisson, annonça Lemay sur le même ton. Et une matelote d'anguille.

— Et pour accompagner tout ça, que diriez-vous d'un petit verre de Givry ?

— Parfait.

— Alors, Lemay, commença le juge en baissant la voix après qu'on eut pris leur commande, qu'est-ce que vous pensez de notre affaire ?

— Pas facile… Personnellement, j'aurais tendance à croire que Balut dit vrai. Comment il aurait pu inventer tout ça, hein ? Il n'aurait sûrement pas assez d'imagination. Déjà au commissariat, quand il a craqué à la fin de son interrogatoire, j'ai eu l'impression qu'il disait la vérité, qu'Odile Desachy voulait bel et bien se débarrasser de sa belle-mère et qu'elle a commandité son assassinat.

— C'est aussi mon sentiment.

— Ce qui reste à savoir c'est si son mari ou même son beau-père sont réellement étrangers à l'affaire. Au fond, ils ont peut-être manigancé ça tous les trois ? Ou seulement la belle-fille avec son mari ? Le mari pourrait être plus ou moins complice, même d'une manière passive ? Il aurait pu « laisser faire »…

174

Le juge soupira :

– C'est possible, bien sûr, tout est toujours possible. Mais pour ce que connais d'Albin et de Victor – et je les connais tous les deux depuis fort longtemps – ça me paraît tout à fait improbable. A mon avis, quand ils apprendront ce qu'elle a fait, ils vont tomber des nues. Ou alors je ne comprends rien à la nature humaine. Tuer ou faire tuer les gens, ce n'est pas à la portée de tout le monde.

– Donc, selon vous, Odile aurait imaginé et préparé l'assassinat de sa belle-mère toute seule ?

– C'est ce qu'il semble.

– Et elle serait allée trouver un employé de son père de sa propre initiative, sans prévenir personne ?

– J'en ai peur. Et le pauvre type est dans de beaux draps à présent.

– Malheureusement, pour le moment, c'est tout ce qu'elle reconnaît. Enfin, nous avons au moins les aveux de son homme de main…

Sur le point de répondre, Guillemet s'aperçut qu'un silence anormal régnait aux tables qui les entouraient, heureusement assez écartées. Leurs occupants, tout en regardant ailleurs, essayaient d'attraper des bribes de leur conversation.

Ils continuèrent presque en chuchotant. Le juge avait besoin de repréciser les points importants de l'enquête avant les confrontations prévues pour Odile l'après-midi, surtout celle, cruciale, avec son principal complice, Pierre Balut. Il instruisait trois affaires en même temps et il lui arrivait de se sentir découragé devant les épais dossiers qui l'attendaient dans son bureau, bourrés d'informations plus ou moins utiles dans lesquelles il lui incombait de faire le tri. Il avait pensé qu'une bonne conversation avec le policier en charge de l'affaire Desachy lui rafraîchirait la mémoire et lui permettrait d'y voir plus clair, raison pour laquelle il l'avait invité à déjeuner.

Ils en étaient au café quand un homme s'avança vers leur table, la mine affable et la main tendue :

– Bonjour, Monsieur le Juge, quel plaisir de vous voir. Comment allez-vous ?

– Très bien merci, Monsieur le Conseiller général, et vous-même ?

– Ah, chez nous, tout le monde est sur le pied de guerre. La campagne va bientôt commencer. Notre première réunion électorale se tient jeudi matin à Tournus. C'est le grand branle-bas...

– J'imagine, commenta benoîtement Guillemet

– J'espère que tout ira bien et que nous n'aurons pas de problèmes de sécurité cette fois-ci. Pendant notre dernière campagne, il y avait eu quelques petits incidents, rappela le conseiller en expédiant un regard en coin au policier.

– Les services de police feront de leur mieux pour assurer la sécurité de vos électeurs, déclara Lemay d'un ton froid.

– Enfin je suis optimiste, les choses se présentent bien. Il semble que nos propositions rencontrent un écho favorable... – Le conseiller hésita, fixant sur le juge deux yeux brillants, pleins de questions : ... Et chez vous, tout marche comme vous voulez ?

– A merveille, répondit Guillemet

– Quelle histoire, hein, quel crime horrible. Tout le département est en émoi. Et ce pauvre Victor... Pouvons-nous espérer voir bientôt le bout de cette affaire ?

– Sans doute, sans doute, répondit Guillemet plus impénétrable que jamais.

– Bien, bien, bien... Alors, bon appétit, se résigna le conseiller comprenant qu'il n'obtiendrait pas la moindre information, pas la plus petite raison d'espérer de la part

176

du juge. – Désappointé, mais tâchant de faire bonne figure, il salua et retourna à sa table.

Son visiteur parti, Guillemet se pencha vers le commandant :

– C'était le conseiller Marceau. Les cantonales sont pour bientôt. Il s'inquiète pour son siège.

– Je suis au courant, j'en entendu parler, dit Lemay en repensant au savon qu'il s'était fait passer par le commissaire. Ils ont intérêt à ce que nous arrêtions le coupable avant les élections.

– Eh bien, laissons-les attendre, conclut Guillemet, ils verront bien ce qui arrivera. – Il consulta sa montre : Deux heures dix. Il faut y aller, maintenant, la première confrontation est à la demie.

De retour dans son cabinet, le juge fit appeler en même temps Odile Desachy et René Duchaulet qu'on avait extrait de sa prison de Chalon. Odile entra, l'air renfrogné. Après avoir parlé un moment avec Maître Corbier, elle avait passé l'heure du déjeuner dans un bureau vide, sous la surveillance d'un policier en tenue, en chipotant un sandwich insipide et elle était de mauvaise humeur. Son avocat prit place à côté d'elle. Le magasinier, quant à lui, avait expressément fait savoir qu'il n'en voulait pas puisqu'il n'avait à dire que la vérité.

Le juge savait que cette confrontation ne serait qu'une formalité puisque les déclarations des deux parties concordaient. Il n'était pas moins curieux de les observer face à face.

On était le 12 avril. Duchaulet et Odile ne s'étaient donc ni vus ni parlé depuis environ deux mois et demi, leur dernière rencontre ayant eu lieu, dans la réserve même du PRIMA où elle était venue trouver le magasinier, quelques jours avant le crime commis dans la nuit du 5 au 6 février.

Le juge Guillemet donna la parole à Duchaulet le premier. Tout en répétant pour la énième fois son histoire, comment la fille de son patron était venu le voir en pleurant, comment il avait été attendri et avait fait son possible pour l'aider sans imaginer qu'il se rendait complice d'un crime, le magasinier tournait sans cesse vers Odile un visage effaré comme pour lui demander pourquoi elle l'avait trahi et placé, lui et sa famille, dans une situation dramatique.

Sans répondre à cette question muette, Odile acquiesçait à tout ce qu'il disait. Cette image de victime en larmes, qui voulait seulement donner une leçon à sa belle-mère pour qu'elle arrête de la tourmenter, l'arrangeait. Ce que Duchaulet racontait était exactement ce qu'elle avait pris le parti de faire croire à la justice.

Son récit achevé, Duchaulet fut aussitôt reconduit à la maison d'arrêt. Le magistrat avait remis sa confrontation avec Pierrot à plus tard, jugeant plus urgent d'entendre Odile en même temps que son principal complice. Il était un peu plus de 15 heures. Sans rien dire, le juge sortit de son cabinet, fit un court passage aux toilettes et descendit dans la cour où il s'autorisa une cigarette.

Au même instant, dans son bureau de l'Hôtel de Ville, Jean Dumontier, maire de Varrèdes, considérait les deux hommes qui étaient en face de lui avec embarras. Il avait su, grâce au tam-tam administratif (quelqu'un du tribunal l'ayant vue passer lui avait aussitôt téléphoné), qu'Odile avait été amenée le matin même devant le juge d'instruction. Mais le maire, informé depuis la veille de l'arrestation de deux hommes dans l'affaire Desachy, s'imaginait que le juge avait eu besoin de renseignements supplémentaires concernant la victime et qu'Odile était depuis longtemps rentrée chez elle.

Et voilà que Victor et son fils avaient débarqué à la mairie sans même s'annoncer. Albin était bouleversé. Alors qu'il l'attendait tranquillement pour déjeuner – la table était déjà mise –, il avait reçu un coup de fil de son épouse lui annonçant que le juge la retenait et qu'elle avait besoin d'un avocat. Un avocat ! Mais pour quoi faire ? De quoi pouvait-on bien soupçonner Odile ? Imaginez, s'indignait Albin, stupéfait, ma femme impliquée dans un crime, dans un assassinat ! C'était insensé ! Complètement absurde ! Il fallait qu'ils soient tous devenus fous !

Bref, le père et le fils avaient pensé que leur vieil ami pourrait téléphoner au juge Guillemet afin de lui demander de quoi il retournait et pourquoi on retenait Odile exactement.

– Non, leur répondit Dumontier après avoir réfléchi un instant, c'est impossible. Je voudrais bien vous aider tous les deux mais je ne peux pas appeler le juge pendant une comparution. Il ne me prendra même pas.

– Alors, tu peux peut-être y aller voir ? insista Victor. Essayer de savoir ce qui se passe ?

– Inutile. Même si Guillemet accepte de me recevoir, il ne m'apprendra rien. Nous ne serons pas plus avancés. Non, vraiment, je ne peux pas le déranger, je regrette.

La situation était délicate. Une des plus délicates à laquelle le maire de Varrèdes eût été confronté. Bien qu'il fût pour sa part persuadé de la complète innocence des deux hommes venus ingénument lui demander son aide, il ne se voyait pas aller quémander des informations à un juge d'instruction au nom de son amitié avec le mari de la victime…

– Non, Victor, répéta- t-il, je suis désolé, c'est impossible. Je ne peux rien faire pour l'instant.

179

Il se leva, signe que l'entretien était terminé, et raccompagna ses visiteurs jusqu'à la porte :

– Ne vous inquiétez pas trop quand même. Il n'y a pas encore lieu de s'alarmer. Guillemet doit avoir de bonnes raisons pour retenir Odile. Peut-être a-t-il des doutes sur certains points et besoin d'éclaircissements. C'est une affaire complexe, n'oubliez pas que ça fait plus de deux mois qu'ils sont dessus. Allez, fit-il en poussant gentiment ses amis dehors, rentrez chez vous et attendez patiemment les nouvelles. Je vous appelle aussitôt que j'apprends quelque chose, vous pouvez compter sur moi.

Mettant un terme à la pause qu'il s'était autorisée dans la cour du tribunal, le juge Guillemet écrasa sa cigarette, déposa scrupuleusement son mégot dans le cendrier prévu à cet effet et regagna son bureau en s'encourageant mentalement : « Allons, encore un petit effort et le cas Desachy sera bientôt résolu. Nous voyons le bout du tunnel. »

En arrivant à l'étage, il aperçut son témoin suivant sur un banc du couloir en compagnie d'un avocat commis d'office. Recroquevillé sur lui-même, la tête dans les épaules, il avait l'air de n'en mener pas large.

– Pierre Balut, attaqua le juge quand celui-ci fut introduit dans son cabinet à son tour (avec lui, il avait décidé de frapper fort dès le début), reconnaissez-vous en Madame Odile Desachy ici présente la personne qui vous a offert 30.000 euros pour assassiner sa belle-mère, Béatrice Desachy ?

– Oui, Monsieur le juge. C'est bien elle.

– Il ment, s'écria Odile en bondissant sur sa chaise, je ne lui ai jamais demandé ça !

– C'est rien que la vérité. Elle m'a d'abord parlé de cambrioler chez la dame en me proposant 2.000 euros. Et tout de suite après…

– C'était seulement pour un simulacre de cambriolage ! s'écria Odile.

– Tiens, souligna le magistrat, il ne s'agissait donc plus de simuler une agression ? Vous étiez passée au niveau supérieur, vous vouliez maintenant que votre homme pénètre dans la maison avec effraction et surprenne votre malheureuse belle-mère en pleine nuit dans sa chambre ?

– J'avais changé d'avis. Précisément parce que cette idée d'agression physique m'inquiétait. On ne sait jamais jusqu'où on peut aller avec la violence. J'avais préféré l'éviter.

– Oh, le culot ! s'exclama Pierrot, sincèrement scandalisé.

Le commandant, fut de son avis. Le toupet de cette jeune femme s'avérait phénoménal.

– … Tout de suite après, reprit Pierrot, elle m'a dit que si sa belle-mère ne se réveillait pas….

– Ne se réveillait pas ?

– Si elle y restait, quoi… Et bien là, au lieu de 2.000 euros, elle m'en donnerait 30.000.

– Et c'est ce que vous avez fait, vous avez bâillonné votre victime de façon à l'empêcher de respirer.

– C'est comme je vous ai déjà dit, Monsieur le juge, j'avais bu, je savais plus ce que je faisais. Tout ça, tout le malheur qu'est arrivé, c'est à cause de cette bonne femme. C'est elle qui m'a entraîné petit à petit. Pour ça, elle était maligne, elle savait s'y prendre. D'abord, je devais un peu secouer la belle-mère, c'est ce que René m'avait dit, hein, et puis après il fallait la cambrioler (parce qu'elle savait bien qu'il y avait rien à voler dans la chambre, rien qui valait le coup), et à la fin c'était pour bien pire, c'était pour la tuer… Et moi, fauché comme j'étais juste à ce moment-là, je pouvais même plus payer mon loyer, j'allais me retrouver SDF, j'ai cédé, mais ça ne me plaisait pas de faire ce boulot, vous pouvez me croire, Monsieur le Juge, ça m'écœurait. – Il ajouta d'un ton pénétré : C'était un poids sur ma conscience.

– Vous avez tout de même encaissé les trente mille euros après avoir étouffé votre victime et vous vous êtes empressé de partir en vacances. Votre conscience ne devait plus trop vous tarauder, à ce moment-là, pendant que vous vous gobergiez en Espagne avec l'argent que Madame Desachy vous avait remis en paiement de votre forfait.

– Mais je ne lui ai jamais remis d'argent ! protesta Odile. Cette petite crapule essaie de me mettre son crime sur le dos !

– Et il lui serait venu d'où cet argent ? Il était tombé du ciel ?

– Il a dû le trouver sur place. Dans une cachette que ma belle-mère devait avoir dans sa chambre. Il l'a volé et maintenant il prétend que c'est moi qui le lui ai donné !

En entendant ces mots, Pierrot faillit s'étrangler d'indignation :

– Ce que je dis, c'est la vérité ! Quand le travail a été fait, le lendemain matin je lui ai téléphoné, c'était convenu comme ça. Et là elle m'a demandé de venir à minuit devant la porte de sa maison, et c'est à ce moment-là qu'elle m'a donné l'argent. En même temps, elle m'a dit de pas traîner dans Varrèdes, qu'il valait mieux que je décarre le plus vite possible.

– Il ment ! Vous n'allez pas croire ce que cet individu raconte, jeta Odile avec un parfait mépris.

– C'est vous qui mentez, Madame ! lui rétorqua le juge. La police a perquisitionné le studio de votre complice et elle y a trouvé huit mille euros, tout ce qui lui restait de son périple en Espagne. Huit mille euros d'une liasse de billets que vous avez forcément comptés, manipulés, et sur lesquels le laboratoire retrouvera sans difficulté votre ADN.

Odile se figea, devenue brusquement très pâle.

– Et le plan de la maison que vous m'avez refilé en me disant de le brûler après, l'apostropha furieusement Pierrot, c'est encore des mensonges p't-être bien ?

– Quel plan ? Je ne lui ai jamais donné de plan. Il est fou ! hurla Odile, hors d'elle.

Le juge ouvrit un tiroir et en sortit une feuille de papier qu'il déplia lentement pour la présenter à l'assistance :

– Le voici, Madame, le plan que vous avez remis à votre complice et que les policiers ont trouvé en perquisitionnant son studio. A l'endroit exact qu'il leur avait obligeamment indiqué : sous une lame de parquet.

Pour la première fois, Odile tourna son regard vers Pierrot. Ses yeux exprimaient une haine pure. Ainsi, au lieu de détruire le plan après usage comme elle le lui avait ordonné, cette ordure l'avait conservé ! Pour le juge, ce regard plein de hargne et de rancœur qu'elle n'avait pas réussi à maîtriser était à lui seul un aveu.

Il continua :

– Ce plan correspond exactement au trajet de la porte de la resserre à la chambre de la victime qui a été reconstitué par la police le matin de la découverte du corps...

Il tendit la feuille à Maître Corbier qui, après y avoir jeté un coup d'œil, la transmit à l'avocat commis d'office qui avait pris le train en marche et faisait de louables efforts pour comprendre ce qui se passait

– ... Un schéma dessiné par vous, avec des indications écrites de votre main. Ce sera un jeu d'enfants pour les experts d'identifier votre écriture. Vous le reconnaissez, ce plan, c'est bien celui que vous avez remis à votre complice ?

– Ne répondez pas, conseilla Maître Corbier à sa cliente.

– Peut-être, je ne m'en souviens plus, répondit Odile sans tenir compte de l'avis de l'avocat. Peut-être que oui.

En admettant que je lui ai donné un plan, c'était simplement en vue du faux cambriolage.

– Cessez de nous prendre pour des imbéciles, s'il vous plaît, s'impatienta le juge Guillemet. Vous souhaitiez la mort de votre belle-mère, c'est évident. Et vous avez sciemment préparé son assassinat ! Un assassinat prémédité ! Vous vous croyiez certainement très habile…

– Et pourquoi j'aurais fait ça ? Je n'avais pas de raison de la tuer. Ce n'était pas pour quelques disputes, quelques petits désaccords…

Le juge abattit sa carte maîtresse :

– Pour l'héritage, Madame ! L'héritage de votre beau-père !

– L'héritage ? fit semblant de s'étonner Odile. Mais c'était celui de mon mari. Nous sommes mariés sous le régime de la séparation des biens. Moi, je m'en moquais pas mal de son héritage.

– Nous savons, et vous saviez que votre belle-mère avait exigé la moitié de l'héritage de son époux, qu'il lui avait cédé et que le testament modifié était déjà chez le notaire.

– Je m'en fichais, je vous dis.

– Mais votre mari, lui, ne s'en fichait pas. C'était une insulte pour lui et pour vous. Et ce n'était plus une plaisanterie cette fois, il ne s'agissait plus de quelques petites vexations. A présent, ça touchait à l'argent. Votre belle-mère s'en était prise au patrimoine de la famille.

– Ce patrimoine n'était pas le mien, tenta encore Odile.

– La moitié de l'héritage de Victor Desachy, poursuivit implacablement le juge, ce n'était pas rien ! Les importants comptes en banque, les titres, les propriétés… J'ai appris que votre belle-mère s'était fait attribuer l'appartement de Paris ?

– Qu'est-ce que ça pouvait me faire, l'appart de Paris ! le coupa très spontanément Odile. J'ai horreur de cette ville.

– Et il y avait aussi la villa d'Antibes, le chalet à Megève... Il paraît que votre beau-père les lui avait également légués dans son testament ? Ça, elle avait un bel appétit votre belle-mère, elle avait exigé tout ce qui était intéressant. Allez-vous prétendre que vous vous en moquiez aussi, du chalet de Megève ?

Le visage d'Odile s'assombrit :

– Cette femme avait tous les culots, gronda-t-elle. C'est vrai que mon mari l'avait très mal pris. Il n'en montrait rien devant son père, mais ça faisait des mois qu'il m'en parlait tous les soirs. Il s'en plaignait, ça lui paraissait une terrible injustice, c'était même une injure pour lui, le fils légitime. Mais c'est un faible Albin, il ne voulait rien faire. Rien qui puisse contrarier son père. Quand mon beau-père l'avait mis au courant du partage, c'est à peine s'il avait osé en discuter.

– De sorte que vous avez décidé d'agir à sa place ?

– Béatrice était une usurpatrice. Et mon mari était sa première victime. Pour commencer, elle avait pris la place de sa mère défunte, et à présent, profitant de la maladie cardiaque de Victor, elle s'en prenait à son argent. Car cet héritage revenait de droit et en totalité à Albin. C'était indigne, intolérable. On ne pouvait pas la laisser faire.

– Et vous avez choisi la solution la plus radicale : éliminer l'usurpatrice.

– Ne répondez pas, conseilla de nouveau l'avocat à sa cliente.

Cette fois, sentant qu'elle en avait trop dit, elle obéit. Après quelques tentatives, le juge Guillemet renonça à l'interroger, remettant la suite de ses questions à plus tard, et il appela sa greffière. Odile parcourut distraitement sa déposition, un tissu de mensonges de

185

l'avis de toutes les personnes présentes, et la signa sans sourciller. Puis elle se leva, boutonna son manteau, et commença à enfiler ses gants de l'air d'une femme qui s'apprête à rentrer chez elle après une formalité administrative ennuyeuse.

– Rasseyez-vous, lui ordonna le juge.

En s'entendant notifier sa mise en examen assortie d'une détention provisoire, Odile leva vers le magistrat, ce François Guillemet à la table duquel elle s'était maintes fois trouvée dans les dîners en ville, un visage totalement stupéfait :

– Mais... vous n'allez tout de même pas me faire jeter en prison ?

– Un contrôle judiciaire pourrait peut-être suffire ? risqua Maître Corbier sans trop y croire.

Le juge ne prit pas la peine de répondre. Il fit appeler le policier en faction pour lui faire emmener les témoins. Pierrot fut renvoyé à la prison d'Auxerre et Odile Desachy conduite à la maison d'arrêt pour femmes de Dijon.

– Qu'en pensez-vous ? demanda le juge au commandant quand ils se furent retrouvés seuls.

– Elle est coupable, c'est évident. Mais elle ne le reconnaîtra jamais. C'est sa parole, sa parole de bourgeoise rangée et respectable contre celle d'un pauvre type, un ex-taulard qui plus est. Son mari va faire appel à une sommité de Lyon ou de Paris et c'est certainement ce que cet avocat va lui conseiller : nier jusqu'au bout. Vous pensez toujours que le mari n'y est pour rien ?

– Nous n'avons pas d'élément qui incrimine Albin Desachy. Pour moi, elle a agi seule, j'en suis à peu près certain. C'est incroyable tout de même, ajouta-t-il avec une intonation presque admirative, cette jeune femme taciturne, que j'avais cru insignifiante, capable d'une initiative pareille ! Je ne lui aurais pas soupçonné tant

186

d'intrépidité. Et maintenant elle va essayer de se décharger sur son complice. Mais son histoire de simulacre de cambriolage n'abusera pas les jurés, ça ne passera pas. C'est ridicule comme explication, ça ne tient pas debout.

– Et quand on leur présentera les preuves matérielles, qu'ils se passeront de main en main les photos de la victime, la tête emmaillotée dans ses bandelettes, le plan certifié de la main de l'accusée par les experts, le rapport du labo sur son ADN qu'avec un peu de chance on retrouvera sur les billets, ça m'étonnerait qu'ils mettent sa culpabilité en doute. Rien que le fait d'avoir payé à son complice une somme aussi élevée l'accuse. Quand on connaît la valeur que ces gens fortunés attachent à l'argent, trente mille euros ne pouvaient pas représenter la rémunération d'un faux cambriolage, le prix d'une méchante blague... De nos jours, vous le savez comme moi, on tue pour beaucoup moins que ça.

– Sans oublier qu'Odile avait un mobile puissant : l'héritage de Victor. Elle a beau prétendre qu'elle s'en fichait, le procureur aura beau jeu de faire valoir que, séparation de biens ou pas, si elle et Albin ne parvenaient pas à avoir d'enfants, en l'absence de descendance son mari aurait probablement fini par la désigner comme héritière.

– L'héritage, oui. La rapacité peut en conduire certains jusqu'au crime. Mais dans le cas qui nous occupe, je crois qu'il y a quelque chose de plus profond. Après tout, la seconde épouse de Victor Desachy avait pris la place de la belle-fille. Elle l'avait plus ou moins jetée dehors, gravement humiliée. C'est peut-être dans cette blessure ancienne qu'il faut chercher la cause réelle de son assassinat. (Une idée ironique lui traversa l'esprit : « *Si ça se trouve, cette femme est morte pour*

187

une histoire de salle de bain... » – mais il garda ses pensées pour lui.)

– C'est possible en effet, vous avez peut-être raison. Enfin, conclut le juge, nous verrons bien ce qu'en penseront les jurés. A mon avis, ils ne lui feront pas de cadeau.

Il était un peu plus de cinq heures quand le commandant Lemay réintégra son commissariat. Il annonça l'arrestation d'Odile Desachy à son collègue Bardin en lui demandant de prévenir immédiatement *La Dépêche* et *Bourgogne 3*, la télévision régionale. La mise en examen d'une bourgeoise de la ville pour l'assassinat de sa belle-mère, aucun doute, ça allait faire du bruit dans le landerneau ! Ce n'est jamais bon quand des représentants d'une classe supérieure, qui incarnent une élite et sont censés donner l'exemple, se rendent coupables d'un crime. Mais un scandale valait toujours mieux qu'une affaire criminelle non résolue. Surtout à la veille d'une élection.

Il se chargea personnellement d'informer Hélène Fallois. L'idée d'un article paraissant le lendemain matin dans le première édition du *Progrès de Lyon* n'était pas pour lui déplaire. Le Progrès, c'était autre chose que *La Dépêche* ! Trois cent mille lecteurs, tout de même ! En remerciement de l'info, Hélène ne manquerait sûrement pas de lui renvoyer l'ascenseur en citant abondamment son nom. Ensuite, bien sûr, l'affaire arriverait au niveau national et c'était sa hiérarchie qui s'en attribuerait le mérite.

En apprenant la nouvelle, Hélène laissa tomber l'article qu'elle avait en route et se précipita sur sa voiture. Direction : sa ville natale et en particulier le café Le Bruxelles où Lemay lui avait suggéré que le patron, qui avait eu l'assassin comme client et l'avait lui-même signalé à la police, serait sûrement ravi d'être interviewé.

Elle arriva au Bruxelles à huit heures, l'heure de l'apéro. Autant dire en plein boum. Évidemment pas le moment rêvé pour demander une interview au patron. Mais elle tenait à être la première à publier la nouvelle de la mise en examen assortie de détention provisoire de la bru de la victime. Encore lui fallait-il trouver de quoi étoffer un peu son article. Si elle parvenait à l'envoyer à temps, il ferait sûrement la une du journal du lendemain. Avec détermination, elle fendit la foule agglutinée au zinc (comme un essaim d'abeilles sur un gâteau de miel, se dit-elle, songeant déjà au texte imagé qu'elle n'allait pas manquer de rédiger) autour d'une imposante tireuse à la pression, une machine rutilante proposant huit sortes de bières qui justifiaient largement le nom de l'établissement et contribuaient à sa réputation.

Non sans peine, Hélène parvint à l'autre bout du bar derrière lequel Gilbert s'employait à servir ses clients avec l'aide d'un barman. Elle eut de la chance. Sa carte de presse et la mention d'une nouvelle fumante concernant l'affaire Desachy éveilla assez la curiosité du patron pour qu'il entraîne la journaliste dans son arrière-salle, une salle tranquille qui ne servait qu'au déjeuner.

– Dix minutes pas plus, dit-il en s'asseyant. Je peux pas laisser mon barman tout seul plus longtemps.

Hélène prit place en face de lui et posa son enregistreur numérique sur la table. Par nature peu bavard, Gilbert fit tout de même un effort pour répondre à ses questions. Oui, il connaissait Pierre Balut, dit Pierrot, depuis plusieurs années. C'était un client régulier, un des nombreux traîne-savates qui constituaient une partie de sa clientèle du soir. Pierrot avait une trentaine d'années et vivait tantôt de petits boulots, tantôt de son allocation chômage, et la plupart du temps des deux à la fois. Début février, c'est-à-dire

189

presque deux mois et demi plus tôt, il avait subitement disparu de la circulation. Et puis vendredi dernier, il avait refait surface sapé comme un prince, en prétendant qu'il avait gagné au Loto et qu'il s'était payé des vacances. C'était un peu gros comme ficelle, Gilbert n'en avait cru un mot, et comme l'affaire Desachy n'avançait pas, il avait fait le rapprochement et avait averti la police.

Il semblait content de lui, le patron du Bruxelles, fier de sa perspicacité. Malheureusement Hélène ne put pas en tirer grand-chose de plus. De toute façon, elle ne s'attendait pas à des miracles. Au moins elle avait un début, de quoi alimenter l'article qui marquerait la reprise de l'affaire.

— Alors, lui demanda Gilbert pour finir, vous allez parler de moi dans votre journal ?

— Naturellement, lui promit Hélène, devinant à quoi il pensait. De vous et de votre café. Le Bruxelles sera bien sûr cité dans mon article. Ça vous fera de la publicité.

Satisfait, il se leva : « Je vous offre une bière ? »

Hélène accepta et alla se mêler un moment aux clients du comptoir. Grâce à son talent pour rendre ses récits vivants, les faits-divers les plus banals intéressants pour ses lecteurs, elle enrichirait le peu d'informations qu'elle avait obtenu en restituant l'atmosphère de ce petit café populaire, avec des détails pittoresques sur ses habitués, des détails en partie réels et bien observés, en partie sortis tout droit de son imagination.

Elle but lentement sa bière, une excellente *Brugge blond*, le temps de se laisser imprégner par l'ambiance puis, après un petit signe de remerciement au patron, la tête lui tournant légèrement, elle rejoignit sa voiture pour gagner l'appartement de sa mère chez qui elle avait l'intention de passer la nuit.

Il était vingt heures trente. Le bouclage était à vingt-deux heures. Elle n'avait que le temps d'écrire son article

190

et de l'envoyer au journal par e-mail si elle voulait avoir une chance de paraître dans la première édition du lendemain.

Le vendredi suivant, sur le coup de midi et demi, les Desachy père et fils prirent place à la table de la salle à manger, tendue d'une nappe blanche immaculée et légèrement empesée. Une semaine s'était écoulée depuis l'incarcération d'Odile et, tout naturellement, comme il se sentait seul dans sa propre maison, Albin était revenu prendre ses repas chez son père.

Louise avait disposé leurs couverts en vis-à-vis à un bout de la longue table. Les deux hommes se contentant généralement d'un petit verre de vin au déjeuner, elle avait versé le reste du Mercurey de la veille dans une jolie carafe de cristal taillé. Il serait encore meilleur.

Elle était encore dans sa cuisine, à mettre la dernière main à son repas, un repas de tous les jours mais soigné, comme à son habitude. Pour midi, elle avait prévu des quenelles de brochet, qu'elle apporterait brûlantes dans leur plat de cuisson, un poulet rôti pommes sautées, puis une salade de mesclun et des fromages. Depuis la mort de Béatrice, Louise avait repris les rênes de la maison et composait elle-même les menus de ses deux patrons. Son autorité rétablie la comblait. Tandis qu'elle s'activait, une réelle sérénité se lisait sur son front

Béatrice reposait au cimetière de Varrèdes, dans l'imposant caveau Desachy, en compagnie de la première épouse. Les vieux parents de Victor se portant toujours comme un charme, les deux femmes décédées dans la force de l'âge en étaient encore les seules occupantes. Sur la stèle de marbre, le nom de Béatrice avait été inscrit en lettres d'or sous celui de Mathilde.

Odile était en prison et, selon Maître Villardeau, un ténor de Lyon qu'Albin, après avoir remercié le jeune

191

Maître Corbier pour sa courte prestation, avait engagé pour la défendre, les faits étaient trop graves pour qu'on puisse espérer bientôt l'en faire sortir. Albin et son père s'étaient promis de rendre son séjour en prison le moins désagréable possible. En somme, ils lui devaient bien ça.

L'étonnement passé sur la stupéfiante détermination de sa belle-fille, et sans du tout approuver son geste criminel, Victor avait bien dû reconnaître, objectivement, qu'elle l'avait tiré d'un bien mauvais pas. Par son acte – certes répréhensible – elle l'avait débarrassé d'une seconde épouse qui ne l'aimait pas et semblait, depuis l'infarctus qui l'avait terrassé, exclusivement préoccupée de son testament, lui donnant la déplaisante impression qu'elle était pressée de le voir mourir. Sa disparition avait du même coup réglé la question de l'héritage familial, un problème qui, malgré la discrétion d'Albin, avait jeté un froid entre lui et son père ; c'était comme une lourdeur, le poids d'une rancune muette qui s'était installé entre eux. Mais à présent, grâce à Dieu, le père et le fils avaient retrouvé la franchise et la simplicité de leur relation.

Les deux hommes s'étaient déjà dit tout ce qu'ils avaient à se dire sur l'affaire (d'ailleurs ils n'avaient jamais eu besoin de beaucoup de paroles pour se comprendre) et si l'atmosphère gardait une certaine gravité, une grande paix semblait s'être étendue sur la maison. Inexorablement, la vie reprenait son cours. C'était un beau jour de printemps, lumineux et frais. Ils allaient faire un bon repas en tête à tête avant de passer au salon où crépiterait un bon feu. Après le café, ils s'assoupiraient un moment, puis ils s'installeraient devant l'échiquier et poursuivraient la partie commencée la veille. Dimanche, ils iraient voir Damien dans sa pension genevoise ; ils l'emmèneraient déjeuner et feraient une promenade au bord du lac. Finalement,

Béatrice leur aurait fait ce cadeau : un enfant qu'ils auraient le bonheur de voir grandir.

Victor attrapa la carafe de vin et remplit leurs deux verres. Allons, l'avenir ne s'annonçait pas si sombre.

FIN